Bianca

D0876529

TODO SUCEDIÓ UNA NOCHE
RACHAEL THOMAS

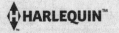

Editado por Harlequin Ibérica.
Una división de HarperCollins Ibérica, S.A.
Núñez de Balboa, 56
28001 Madrid

© 2015 Rachael Thomas
© 2017 Harlequin Ibérica, una división de HarperCollins Ibérica, S.A.
Todo sucedió una noche, n.º 2530 - 8.3.17
Título original: From One Night to Wife
Publicada originalmente por Mills & Boon®, Ltd., Londres.

I.S.B.N.: 978-84-687-9137-1
Depósito legal: M-43532-2016
Impresión en CPI (Barcelona)
Fecha impresion para Argentina: 4.9.17
Distribuidor exclusivo para España: LOGISTA
Distribuidores para México: CODIPLYRSA y Despacho Flores
Distribuidores para Argentina: Interior, DGP, S.A. Alvarado 2118.
Cap. Fed./Buenos Aires y Gran Buenos Aires, VACCARO HNOS.

Capítulo 1

NIKOS Lazaro Petrakis se levantó y clavó la vista en las resplandecientes aguas del mar, sin prestarles atención. Las palabras que acababa de leer lo habían dejado confuso. Y el recuerdo de su autora, la única mujer que lo había hecho soñar con el amor, habían avivado un deseo que creía extinto.

Tenemos que hablar. Te espero en la playa esta noche. Serena.

Serena James había estado a punto de atravesar sus defensas emocionales, y eso le había afectado más de lo que estaba dispuesto a admitir. De hecho, se alegró cuando la casualidad le ofreció la excusa que necesitaba para quitársela de encima, y se sintió aliviado cuando ella se fue sin mirar atrás.

Habían pasado tres meses desde entonces, tiempo más que suficiente para olvidar. Él había vuelto a Atenas y se había dedicado en cuerpo y alma a su empresa, la Xanthippe Shipping. Trabajaba de un modo tan obsesivo y feroz que hasta su secretaria se quedó extrañada. Pero no olvidó a Serena. A pesar de todos sus esfuerzos, el deseo sobrevivió en lo más profundo de su ser, como si estuvieran unidos por un hilo invisible.

Sin embargo, eso no era tan inquietante como su súbito e inesperado regreso a la isla de Santorini, la tierra natal de Nikos. ¿Qué estaba haciendo allí? Solo se le ocurría una explicación: que sus noches de amor en la playa hubieran tenido una consecuencia tan imprevista como indeseada.

Nikos respiró hondo. Tenía que ser eso. Estaban tan ofuscados por el deseo que se habían acostado una y otra vez sin protección alguna. Pero, si efectivamente se había quedado embarazada, ¿por qué no se lo había dicho antes? Al pensarlo, se le ocurrió otra posibilidad: que hubiera echado mano de sus contactos profesionales y hubiera descubierto que no era un simple pescador, sino el dueño de un pequeño imperio económico.

Serena era periodista, y había ido a Santorini a recabar información para un artículo que iba a escribir. Él no lo sabía al principio, y no había mentido sobre su identidad porque desconfiara de ella, sino porque le pareció más fácil que dar explicaciones sobre su vida. Afortunadamente, Serena no trabajaba para la prensa amarilla, sino para revistas de viajes. Pero eso no significaba que fuera a desaprovechar una buena historia.

Nikos se maldijo para sus adentros. Creía que era distinta, que no se parecía a las mujeres con las que había salido hasta entonces. Y, por lo visto, era igual que las demás. Solo quería su dinero.

Volvió a la mesa del despacho y llamó a su secretaria por el intercomunicador. Tenía que hacer algo, y hacerlo pronto. Estaba a punto de cerrar un acuerdo que convertiría a la Xanthippe Shipping en una de las mayores compañías mundiales de cruceros de lujo: la compra de la naviera Adonia Cruise Liners. Un acuerdo que fracasaría con toda seguridad si Serena publicaba su historia.

–Encárgate de que preparen mi avión –le ordenó–. Tengo que volar a Santorini esta misma tarde.

A pesar de su enfado, Nikos se sorprendió a sí mismo con pensamientos que no guardaban relación alguna con el futuro de su empresa. La vivaz, alegre y lujuriosa Serena James le había dejado una huella indeleble. Había conseguido que deseara cosas que no podía tener, y le había dado algo único: su virginidad. Pero, paradójicamente, eso aceleró su decisión de despedirse de ella y poner tierra de por medio.

El amor era un lujo que no se podía permitir. Había sufrido mucho por su culpa, y no quería sentirse vulnerable.

Se pasó una mano por el pelo y miró otra vez el mar. Un crucero estaba atracando en el puerto y, al fondo, se veían varios mercantes que esperaban turno para desembarcar sus mercancías. Pero, a diferencia de otras veces, Nikos no se sintió mejor al contemplar el resultado de sus sueños y su trabajo; por mucho que se resistiera, su mente regresaba constantemente a la esbelta pelirroja que lo había vuelto loco de deseo durante dos semanas.

Aún podía ver su piel pálida, sus ojos verdes, su pelo tan encendido como las hojas de otoño. Aún podía ver su sonrisa, que siempre invitaba al beso.

Nikos sabía que había cometido un error al dejarse llevar por la lujuria hasta el extremo de perder el control. Sin embargo, Serena le gustaba demasiado.

El simple hecho de tenerla entre sus brazos despertaba en él la necesidad de poseerla. Era superior a
sus fuerzas. Y, cuando llegó el momento de despedirse de ella, se sentía tan frustrado que se mostró
particularmente frío y brutal.

Era de noche y acababan de hacer el amor en la
playa. Serena ya se había vestido, aunque su rostro
mantenía aún el rubor del sexo. Pero su rubor se convirtió en palidez cuando él la miró y dijo, de forma
seca: «Avísame si lo nuestro tiene consecuencias».

Tras unos momentos de desconcierto, Serena dio
media vuelta y se fue, dejándolo plantado. Nikos no se
lo reprochó. Lo comprendía perfectamente. En cambio,
no comprendía que un hombre como él, un hombre con
su pasado, se hubiera dejado arrastrar a una pasión desenfrenada y hubiera roto su norma más importante:
mantener el control en cualquier circunstancia.

Durante los tres meses siguientes, no hizo otra
cosa que cruzar los dedos para que aquella pasión no
hubiera tenido las consecuencias que temía. Pero
Serena había vuelto, y quería hablar con él.

Nikos se maldijo para sus adentros. ¿A quién intentaba engañar? La conocía lo suficiente como para
saber que ninguna primicia periodística la habría
empujado a volver a Santorini. Si estaba allí, no era
porque hubiera descubierto la verdad. Estaba allí
porque se había quedado embarazada de él.

Serena se empezó a poner nerviosa. El día avan-
zaba tan deprisa como la marea, cada vez más alta. Y
Nikos no aparecía.

¿Dónde se habría metido?

En otras circunstancias, el rítmico sonido de las olas la habría tranquilizado; pero estaba tan tensa que nada la habría podido calmar. ¿Quién le habría dicho que Nikos no era un simple pescador, sino un multimillonario?

Lo había descubierto esa misma tarde, en Londres, mientras esperaba su vuelo. De repente, el rostro del hombre que había sido su amante durante dos maravillosas semanas apareció en una pantalla de televisión. Por lo visto, estaba a punto de cerrar un acuerdo que convertiría a su empresa en una de las mayores navieras del país. Y ella se sintió tan estafada como profundamente idiota.

Había tomado la decisión de viajar a Santorini porque creía que Nikos no tenía dinero para ir a verla a ella. Era lo mínimo que debía hacer. No le podía dar una noticia tan importante por teléfono. Y ahora resultaba que la había engañado.

Estaba tan furiosa que, en ese momento, solo quería trastornar el rentable mundo de Nikos y crearle tantos problemas como él le había creado a ella. Pero la espera fue apagando su furor, que se transformó en inseguridad. ¿Qué haría si no se presentaba? ¿Llamarlo y decirle que se había quedado embarazada? ¿Quería que formara parte de su vida y de la vida de su hijo? ¿De verdad lo quería?

Serena no soportaba a los mentirosos, había crecido entre mentiras, y estaba harta de ellas. Además, su descubrimiento lo había cambiado todo. Durante unos días, había albergado la esperanza de fundar una familia con él, pero era obvio que un hombre tan rico no querría saber nada de una mujer normal y corriente.

¿Cómo era posible que la hubiera engañado?

Se llevó una mano al estómago y pensó en su última noche, cuando el cálido y maravilloso pescador del que se había enamorado cambió de actitud y se dirigió a ella con frialdad, preocupado ante las posibles consecuencias de su imprudencia sexual.

Lo que al principio iba a ser un simple beso de despedida, un recuerdo romántico antes de volver a Inglaterra, se transformó en algo enormemente más intenso. Y estaban tan cegados por la pasión que se dejaron llevar sin tomar precauciones de ninguna clase. Él la deseaba con locura, y ella quería experimentar el amor con aquel hombre que le daba todo sin pedir nada a cambio.

Serena se estremeció. No se lo había contado a nadie, ni siquiera a su familia. Su hermana estaba al tanto de su breve relación con Nikos, pero desconocía lo más importante porque ella no había tenido el valor de decírselo. Además, Sally tenía sus propios problemas, y no la quería preocupar.

—¿Serena?

Serena se quedó sin aliento al oír su voz. No había estado tan nerviosa en toda su vida. Pero se armó de valor y, tras girarse hacia él, dijo:

—Pensaba que no vendrías.

Nikos se acercó y clavó en ella sus ojos azules, que ya no le parecían cálidos como un cielo de verano, sino fríos como un iceberg. Había cambiado. No era el hombre que había conquistado su corazón. Y, aunque eso era lo de menos, ni siquiera vestía del mismo modo: los trajes de diseño habían sustituido a sus antiguas camisetas y vaqueros desgastados.

Serena volvió a dudar. ¿Estaba haciendo lo correcto? ¿Había hecho bien al viajar a la isla de Santorini?

A excepción de su ropa y su frialdad, Nikos seguía siendo el mismo: alto, moreno, de facciones angulosas y labios inmensamente deseables. Pero sus rasgos habían adquirido una apariencia dura, y sus labios tenían la rigidez típica de quien quería marcar las distancias y advertir que no estaba para bromas.

–Lo siento. Tenía negocios que atender.

–Tienes un aspecto muy...

Serena se detuvo, intentando encontrar la palabra adecuada. Era un momento crucial para los dos, porque estaba a punto de darle una noticia que iba a cambiar sus vidas. Pero las mentiras de Nikos y su propia inseguridad complicaban las cosas.

–¿Sí? –dijo él.

–Un aspecto muy profesional –continuó ella–. De hombre de negocios.

Los ojos de Nikos brillaron con un fondo de ira. Definitivamente, aquel no era el hombre que la seducía y le hacía reír, el hombre al que había entregado su cuerpo. Era diferente. Era el verdadero Nikos.

–Puede que me conocieras con ropa de pescador, pero eso no significa que siempre vista del mismo modo.

Serena dio un paso atrás y echó un vistazo a la desierta playa para no tener que mirarlo a los ojos. No se lo estaba poniendo fácil. Por su actitud, era evidente que conocía el motivo de su visita y que jugaba con ella para arrancarle la verdad.

–¿Sabes por qué estoy aquí?

Él no apartó la vista de sus ojos, y ella tuvo que resistirse al deseo de bajar la cabeza. No podía dejarse intimidar. Pasara lo pasara, tenía que ser fuerte.

–Sí, lo sé. Pero deberías haber venido hace dos meses.

La fría naturalidad de Nikos le partió el corazón y destruyó un poco más los sentimientos que aún albergaba. Se había intentado convencer de que podían tener una vida juntos, pero su relación solo había sido una aventura, un juego de dulces palabras y apasionados besos, un divertimento de verano.

–No he venido antes porque llevo dos meses y medio de náuseas y mareos –replicó Serena, enfadada.

–¿Y por qué no me llamaste por teléfono? Si no recuerdo mal, te pedí que te pusieras en contacto conmigo si pasaba algo.

Ella lo miró con incredulidad.

–¿Que me lo pediste? No me lo pediste. Me lo ordenaste –puntualizó.

Nikos se mantuvo impasible.

–Eso no es cierto. Me limité a pedirte que me llamaras si te quedabas embarazada –se defendió–. Y, francamente, no creo que llamar por teléfono sea tan complicado... ¿Por qué has esperado tanto? ¿Y por qué vienes ahora?

–Tenía que pensar.

–¿Pensar?

–Sí. Tomar una decisión sobre lo que debía hacer.

A decir verdad, había sido la decisión más difícil de su vida. Si quería tener el niño, tendría que criarlo sola, porque estaba segura de que Nikos no quería ser padre. Pero ese no era el único problema.

Su madre se llevaría un disgusto cuando supiera que se había quedado embarazada en su primera relación amorosa, y se pondría en su contra porque le parecería socialmente inaceptable. Nunca había sido una mujer fácil. Estaba demasiado preocupada por la opinión de los demás; tan preocupada, que había escondido el dolor y la vergüenza de su desastroso matrimonio tras una fachada de supuesta felicidad.

Y luego estaba su hermana. ¿Cómo reaccionaría al saber que estaba esperando un hijo? La pobre Sally, que ardía en deseos de ser madre y no lo conseguía.

—¿Sobre lo que debías hacer? ¿Es que no estaba claro?

Ella sacudió la cabeza.

—No, no lo estaba.

—¿Y ahora lo está?

Nikos parecía decidido a sacarla de quicio. Sus preguntas eran conscientemente lacónicas, como si la quisiera obligar a llevar el peso de la conversación. Y ni siquiera había tenido la decencia de admitir que había mentido sobre su identidad.

¿Sería una especie de castigo?

Fuera por el motivo que fuera, a Serena le pareció increíble que la hubiera engañado con tanta facilidad. Durante las dos semanas de su relación, habían estado juntos casi todo el tiempo; pero, a pesar de ello, no se había dado cuenta de que irradiaba un poder muy particular: el de un hombre acostumbrado a dar órdenes y salirse con la suya.

–Sí, así es. He pensado mucho, Nikos. He pensado en tus mentiras y en las palabras que me dijiste la última vez que nos vimos. De hecho, no he pensado en otra cosa.

Él apretó los labios, pero ella siguió adelante. El sol se estaba ocultando con una exhibición espectacular de rojos, naranjas y morados que, en otras circunstancias, habría captado toda su atención.

–Parece que me quieres castigar por no habértelo dicho cuando lo supe, pero guardé silencio porque quería decírtelo en persona. Qué tonta he sido, ¿verdad? Pensé que no te podía informar por teléfono, que merecías algo mejor... ¿Sabes por qué he esperado tanto? Porque no me sentía bien para viajar.

Nikos dio un paso adelante.

–Aún no me lo has dicho, Serena. Sigo esperando a que lo digas.

Ella suspiró, irritada.

–Estoy embarazada, Nikos. Voy a tener un hijo tuyo.

–¿Y qué esperas de mí? ¿Por qué has venido? Sinceramente, no puedo creer que hayas hecho este viaje sin más intención que la de hablar conmigo cara a cara.

–No espero nada de ti –replicó, alzando la barbilla con orgullo–. ¿Qué podría esperar de Nikos el pescador, si no existe?

Él entrecerró los ojos.

–¿Cuánto, Serena?

Ella frunció el ceño.

–No te entiendo...

–¿Cuánto dinero quieres?

Serena retrocedió, asombrada por la pregunta y por su tono de voz, descaradamente acusatorio. Estaba tan cerca de la enorme roca donde se había sentado a esperarlo que se dio con ella, pero ni siquiera lo notó. ¿Creía que había viajado a Santorini para pedirle dinero? La idea era tan absurda y ofensiva que, una vez más, se arrepintió de haber querido hablar con él.

–No estoy aquí por tu dinero –replicó, enfadada–. Solo quería decírtelo en persona y volver después a Inglaterra.

Ella lo miró a los ojos y deseó que las cosas hubieran sido distintas, que no le hubiera mentido ni hubiera provocado el fin de su relación con unas palabras tan desapasionadas que aún resonaban en su cabeza. Para Nikos, sus dos semanas de amor habían sido un simple divertimento, una aventura de verano; pero, para ella, había sido algo más, algo que había cambiado su existencia.

Respiró hondo y se acordó de Sally, que se había sometido a varios procesos de fecundación in vitro y seguía sin quedarse embarazada; en cambio, ella lo había conseguido en su primera relación amorosa, y sin intención alguna. ¿Cómo era posible que la vida fuera tan cruel? Era una situación tan desgraciadamente irónica que no se había atrevido a confesárselo a su hermana. De hecho, Nikos era el único que lo sabía.

–¿Pensabas que podías venir aquí, decirme que voy a ser padre y marcharte después como si no pasara nada?

Serena sacudió la cabeza.

–¿Y qué pretendes? ¿Que lo criemos juntos? –preguntó.

Nikos no dijo nada. Se apartó de ella y se quedó mirando el mar con expresión pensativa, mientras las olas rompían una y otra vez en la playa.

Serena admiró su perfil y se preguntó quién era realmente. Nikos le había dado los momentos más felices de su vida y, a pesar de lo sucedido, no se arrepentía de haberle entregado su cuerpo. Sin embargo, no iba a permanecer ni un minuto más con un hombre que no quería saber nada de ella. La felicidad de su hijo era lo más importante, y no lo podía condenar a estar con unos padres que no se querían.

Serena conocía las consecuencias de ese tipo de arreglos. Las había sufrido en carne propia. Sus padres estaban a punto de divorciarse cuando su madre se quedó embarazada de ella; y, en lugar de poner fin a una relación completamente agotada, se obligaron a seguir juntos porque pensaron que era lo mejor para el bebé.

Pero ella no iba a cometer ese error. No iba a ser tan irresponsable.

Se acercó a él y lo miró con intensidad, esperando una respuesta que no llegó. Entonces, instintivamente, le puso una mano en el brazo. Nikos se giró hacia ella y le lanzó una mirada tan cargada de dolor que Serena sintió el súbito deseo tomarlo entre sus brazos y decirle que todo iba a salir bien.

Desgraciadamente, el hombre del que se había enamorado era una simple invención. No existía. Así que sacó fuerzas de flaqueza y dijo, con tanta seguridad como pudo:

–Eso no es posible, Nikos. No podemos estar juntos.

–¿Qué estás diciendo, Serena?

Nikos lo preguntó con dificultades, casi sin poder hablar. El embarazo de Serena había avivado recuerdos muy dolorosos para él: la madre que lo había abandonado cuando solo era un niño, y el padre que la había repudiado tras decir que su matrimonio había sido un error.

Si su padre no hubiera muerto, le habría preguntado por ella, habría querido saber algo más sobre la mujer que lo había traído al mundo. Pero su padre falleció y, cuando su madre le escribió repentinamente el día de su decimosexto cumpleaños y le dijo que siempre lo había querido y que no tenía intención de hacerle daño, Nikos se limitó a cerrar la puerta de sus emociones.

Una puerta que había permanecido cerrada.

Aquella carta lo había empujado a tomar la decisión de no tener descendencia. Le aterraba la posibilidad de ser como sus padres y de condenar a un niño al infierno por el que él había pasado. Pero Serena se había quedado embarazada. Serena le iba a dar un hijo. Y no tenía más remedio que asumir la situación y ser el mejor padre que pudiera ser.

–Nikos, es mejor que nos vayamos cada uno por nuestro lado –respondió ella con suavidad–. No estamos en condiciones de dar al niño lo que necesita.

–¿Por qué no? Admito que no quería tener hijos,

pero eso no significa que lo vaya a dejar en la estacada.

–No lo dejarás en la estacada. No estará solo.

Nikos entrecerró los ojos.

–¿Pretendes criarlo por tu cuenta? ¿Sin contar conmigo? –preguntó–. ¿O es que se lo vas a dar a tu hermana?

–¿A mi hermana?

–Sí, hablabas todo el tiempo de Sally. Decías que estaba loca por quedarse embarazada, y que no lo conseguía –le recordó–. Incluso llegaste a afirmar que, si pudieras tener un hijo por ella, lo tendrías.

–¿Cómo puedes ser tan retorcido? Yo no he insinuado en ningún momento que...

–Lo dijiste, Serena –la interrumpió–. Literalmente.

–¿Y qué? Solo son cosas que se dicen.

–Eso espero, porque no voy a permitir que entregues mi hijo a tu hermana.

Ella frunció el ceño.

–¿Tu hijo? Disculpa, pero es mío.

–Es de los dos –puntualizó él–. Y voy a asumir la responsabilidad que me corresponde.

Serena lo miró con ira, más desafiante que nunca.

–¿Y qué significa eso, si se puede saber?

Nikos sonrió sin humor.

–No te hagas la inocente. Sabes quién soy. Eres periodista, y supongo que no tardaste mucho en descubrir la verdad.

–Te equivocas. Lo he sabido hoy mismo, en el aeropuerto de Londres. Estaba esperando mi vuelo cuando te he visto en televisión, y no puedes imaginar la sorpresa que me he llevado. Qué tonta he sido, ¿verdad? Creía que eras un hombre sencillo, un pescador... Pero me mentiste. Me mentiste y me usaste.

–Como tú a mí.

–¿Yo?

–Confiésalo, Serena. Me sedujiste precisamente porque pensaste que era un don nadie. Calculaste que, si te quedabas embarazada de un hombre sin importancia, él no podría impedir que te quedaras con el niño y se lo dieras a tu hermana.

Ella lo miró con indignación.

–¡Eso no es verdad!

–Si no lo es, ¿por qué me rechazas? –dijo–. Si es cierto que no tienes intención de dárselo a Sally, nada impide que lleguemos a un acuerdo.

–¿Qué significa eso?

Nikos pensó que estaba verdaderamente bella cuando se enfadaba. Y, aunque le estaba complicando las cosas, también pensó que su obstinación y su fuerza de voluntad eran admirables.

–Significa que estoy en condiciones de ofrecer a mi hijo todo lo que pueda desear. Significa que quiero ser su padre en todos los sentidos, y que lo seré por muchos obstáculos que pongas en mi camino –respondió con firmeza–. Es mi heredero, Serena, sangre de mi sangre. Y no voy a renunciar a él.

Capítulo 2

SERENA se quedó sin habla y miró a Nikos como si lo viera por primera vez.

Las cosas no iban como había previsto. Obviamente, no esperaba que la recibiera con los brazos abiertos, pero tampoco imaginaba que resultaría ser un hombre rico ni, mucho menos, que se enfrentaría a ella y le intentaría imponer sus intereses.

Se sentía tan frustrada que tuvo que hacer un esfuerzo para no romper a llorar.

—Me hiciste creer que eras un pescador de la isla —le recordó.

Serena lo miró de nuevo, intentando encontrar al hombre del que se había enamorado; el hombre que había liberado su apetito sexual y conquistado su cuerpo y su corazón. Pero no lo encontró.

—¿Por qué, Nikos? —siguió hablando—. ¿Por qué mentiste?

—Porque me pareció lo más fácil —respondió con calma.

Serena pensó en su amenaza de luchar por el bebé y se sintió como si estuviera atrapada en una historia que ya conocía. Sus padres habían seguido juntos por culpa suya. Se habían condenado a un matrimonio desastroso por el supuesto bien de la niña que estaban esperando, es decir, de ella. Y no quería que su hijo se encontrara en la misma situación.

–Además, no se puede decir que te mintiera –continuó Nikos–. Soy pescador, eso es verdad. Pero también soy un hombre de negocios. Vivo en Atenas, y tengo mi despacho en El Pireo.

–¿Y qué estabas haciendo en la isla? ¿Disfrazarte de hombre sencillo para seducir a incautas? –declaró con sorna.

–Estaba trabajando, Serena. Mi abuelo se dedicaba a la pesca, y terminó con toda una flota de barcos, que yo heredé –respondió–. No dije eso con intención de engañarte. Aunque admito que luego, cuando me enteré de lo que haces, opté por no dar demasiadas explicaciones sobre mi vida personal.

–¿De lo que hago? –preguntó, sin entender nada.

–Eres periodista, ¿no?

Serena no supo qué pensar. ¿Se había limitado a ser cauto ante la posibilidad de que una periodista revelara al mundo sus secretos? ¿O había mentido porque, simplemente, estaba jugando con ella?

–Discúlpame, pero sigo sin entenderlo. ¿Qué creías que podía descubrir? ¿Qué me intentabas ocultar?

–No intentaba ocultar nada. Has llegado a la conclusión de que me disfracé de pescador por motivos oscuros, pero no era ningún disfraz. Vengo a la isla todos los años y me quedo dos semanas para ayudar a los pescadores de la flota. Es una forma de seguir conectado con el mundo de mis abuelos –le explicó–. Y, cuando te conocí, me encantó que no hicieras preguntas... No es lo más habitual.

Ella sacudió la cabeza, completamente perdida.

—¿Lo más habitual?

—Sí, en mis relaciones con las mujeres. Tú eras la primera que no se acercaba a mí con intención de dejarme económica y emocionalmente seco. Pero puede que me equivocara. Puede que seas como las demás.

Serena frunció el ceño.

—¿Mentiste porque tenías miedo de que quisiera tu dinero?

Por fin lo empezaba a entender. Nikos creía que había vuelto a la isla con intención de extorsionarlo o, peor aún, de que se había quedado embarazada a propósito para poder echar mano a su fortuna.

La idea le pareció tan descabellada como indignante.

—¿Por qué no me lo dijiste entonces? —insistió.

Nikos la tomó de la mano y, tras mirarla durante unos segundos, dijo:

—Lo nuestro, lo que tú y yo tuvimos, fue verdaderamente especial... Pero solo iba a ser una aventura romántica, un divertimento veraniego.

Serena pensó que tenía razón. Había soñado con la posibilidad de que su relación pudiera ser otra cosa; pero, en el fondo, era tan consciente como él de que solo se estaban divirtiendo. Sabía que llegaría a su fin cuando dejara Santorini y volviera a Inglaterra.

Deprimida, sacudió la cabeza y se apartó.

—Eso es cierto, Nikos. Solo fue una aventura. Y, por muy bien que nos lleváramos, no es base sufi-

ciente para afrontar algo tan difícil como criar un
hijo. Tú y yo no podemos estar juntos... El dinero no
lo es todo.

Nikos se puso furioso. Las palabras de Serena se
mezclaron en su mente con los recuerdos del día en
que su madre lo abandonó. ¿Adónde pretendía llegar? ¿Qué planes había hecho? ¿Qué quería hacer
con su hijo?

—Hablas como si tuvieras intención de entregar el
niño a otra persona.

—No digas tonterías —replicó ella, decidida a de-
fenderse y plantar batalla—. Eso es completamente
absurdo.

Él apretó los puños.

—Pues lo has insinuado.

—Yo no he insinuado nada semejante, Nikos...
Mira, estoy segura de que podemos llegar a algún
tipo de solución. Pero no será posible si insistes en
sacar conclusiones demenciales de todo lo que digo.

Los ojos verdes de Serena se clavaron en él, que
intentó dilucidar si estaba siendo sincera. Por desgra-
cia, su intuición lo había abandonado. No sabía si
mentía o decía la verdad. Solo sabía que sus ojos
brillaban con la misma pasión que había visto tantas
veces durante su breve aventura amorosa.

Dio un paso hacia ella y se detuvo. Su suave y
dulce olor a flores evocó en él recuerdos que debería
haber olvidado. Pero los tenía tan presentes como el
primer día, a pesar de que, en apariencia, aquella

mujer era igual que su madre; también estaba dispuesta a abandonar a su hijo.

–Tenemos que ser prácticos –continuó ella–. El niño crecerá en Inglaterra, conmigo. Creo que es lo mejor.

–Ni lo sueñes.

Nikos no pudo creer que Serena utilizara un argumento tan bajo. ¿Eso era lo que se había dicho su madre cuando lo dejó en la estacada y se marchó con su amante a la capital? ¿Que tenía que ser práctica? ¿Que era lo mejor para él?

–Piénsalo un momento, por favor –insistió ella–. Si lo piensas con calma, te darás cuenta de que...

–He dicho que no.

Serena parpadeó, confundida, y él se quedó admirando sus largas pestañas. ¿Cómo era posible que fuera tan bella? ¿Cómo era posible que la deseara tanto en mitad de una discusión, y sobre un asunto tan grave?

–Así no arreglaremos nada –dijo ella–. Si adoptas una actitud tan negativa, no llegaremos a ninguna parte.

Serena lo miró con intensidad, y Nikos se preguntó si sería consciente del poder que tenía sobre él. ¿Sabría que, en ese preciso momento, estaba pensando en sus largas y tórridas noches de amor? ¿O sería tan ignorante al respecto como las olas, que seguían rompiendo en la playa con indiferencia absoluta, ajenas al pequeño drama de dos seres humanos?

–Lo siento, pero no puedo confiar en ti. ¿Quién me dice que no entregarás el niño en adopción? ¿Cómo sé que no se lo darás a tu hermana?

Ella respiró hondo.

–No se lo voy a dar a nadie. Ni siquiera a ti.

–¿Ah, no? –preguntó con desconfianza–. Primero me dices que tu hermana está loca por tener un bebé, y luego te niegas a que criemos juntos a nuestro hijo. ¿Qué quieres que piense? ¿No te parece sospechoso?

–Mi hermana no tiene nada que ver con el hecho de que no quiera criarlo contigo. Estás mezclando cosas que no guardan ninguna relación.

–¿Seguro que no?

–¡Por supuesto que no! –exclamó–. Me indigna que me creas capaz de hacer una cosa así. Quiero a mi hijo. Lo quiero tener, lo quiero criar, y estoy absolutamente decidida a darle todo lo que necesite.

La convicción de Serena paró los pies a Nikos, que se limitó a decir:

–Y yo.

–Me gustaría creerte, pero tú mismo has dicho que no querías ser padre.

Serena dio un paso hacia a él y lo tocó. Fue un contacto breve, pero suficiente para que él se apartara como si le hubiera quemado. Estaba en un mar de emociones contradictorias, sin saber qué pensar.

¿Cómo era posible que dudara de él? Era cierto que siempre había rechazado la idea de ser padre, pero solo porque implicaba una relación intensa con la madre de su hijo, y no se sentía capaz de comprometerse con ninguna mujer. Sin embargo, la vida le estaba ofreciendo la oportunidad de serlo. Y no la iba a rechazar.

–Un niño necesita amor –continuó ella.

Nikos se estremeció, y le disgustó el hecho de que Serena tuviera la extraña habilidad de hacerle perder la compostura. Ya sabía que los niños necesitaban amor; lo sabía mejor que nadie, y no necesitaba que se lo recordaran. Pero era un comentario pertinente.

¿Podía ser padre? ¿Sabría amar a su hijo? Su experiencia personal no auguraba nada bueno al respecto; su padre no había sabido quererlo, y su madre se había ido sin intentarlo siquiera. ¿Sería distinto en su caso? ¿O cometería los mismos errores?

Serena rio; fue una risa nerviosa y suave, pero una risa de todas formas. Él apretó los dientes e intentó no decir nada de lo que se pudiera arrepentir después.

–¿Sabrías amarlo, Nikos? ¿Podrías darle amor?

Nikos no dijo nada, y ella pensó que su silencio era una respuesta de lo más explícita. Pero, a pesar de ello, insistió.

–¿Podrías amar a un niño que no quieres tener?

–No cuestiones mi capacidad de amar –gruñó, a punto de perder la calma.

–Un niño necesita estabilidad –dijo ella–. No importa si vive con sus dos padres o con uno solo. Pero necesita un hogar.

Serena lo dijo con energía y determinación, mirándolo a los ojos y desafiándolo con todo su ser. Lo estaba acusando constantemente de no tener lo necesario para ser padre, y él tuvo que redoblar sus esfuerzos por contener la ira.

–He dejado bien claro que eso no es un problema –se defendió.

–Te estás engañando a ti mismo, Nikos –dijo, muy seria–. Pero tus mentiras no servirán de nada. No voy a permitir que usen a mi hijo como moneda de cambio. Y, desde luego, no voy a permitir que lo uses tú.

Nikos se supo a punto de perder el control. En parte, porque Serena estaba ganando la batalla ética; pero, sobre todo, porque sus afirmaciones le habían recordado momentos de su infancia que prefería no recordar.

–No estás en posición de imponer nada –replicó–. Me tendiste una trampa. Te quedaste embarazada a propósito.

–Eso es absolutamente falso. Yo no te tendí ninguna trampa. Y puedes estar seguro de que jamás he considerado la posibilidad de dar a mi hijo en adopción.

De repente, Nikos se vio a sí mismo en esa playa, pero con muchos años menos. Vio un niño que miraba el mar con la esperanza de que su madre llegara en el siguiente barco. Miraba día tras día y año tras año, pero su madre no llegó nunca y, al final, optó por expulsarla de su corazón y de sus pensamientos.

–Pero querrás dinero, claro –dijo Nikos.

–¿Dinero? Esto no es un problema de dinero. Yo creía que eras pobre y que no te podías permitir el lujo de ser padre –afirmó–. De hecho, no sé si yo me lo puedo permitir. Pero lo voy a intentar de todas formas. Y voy a estar con él todo el tiempo, pase lo que pase... o con ella, porque podría ser una niña.

La puntualización de Serena hizo que Nikos fuera súbitamente más consciente de la situación. Él bebé dejó de ser un concepto y adquirió identidad e imagen propias. Sería una niña, quizá con el pelo rojo de su madre. O un niño de sonrisa traviesa.

Desconcertado, se preguntó si sería cierto que Serena lo había tomado por un pobre pescador, incapaz de afrontar los gastos de ser padre. Y, una vez más, llegó a la conclusión de que mentía. Serena era periodista, y Nikos no podía creer que se acabara de enterar de la verdad. Especialmente, porque la habría descubierto cualquiera que hubiera investigado un poco.

–Voy a tener el niño, Nikos. Contigo o sin ti.

Serena intentó tocarlo otra vez, y él se volvió a apartar porque no quería sentir el cálido estremecimiento que su contacto le causaba. Era demasiado peligroso. Estaba cargado de deseo. Y el deseo era la única cosa que no podía controlar.

A Serena se le encogió el corazón cuando Nikos se apartó de ella. Se comportaba como si le diera asco, y la miraba con una furia que no era precisamente tranquilizadora. Pero debían llegar a algún tipo de acuerdo. Iban a ser padres, y tenían que hacer lo posible por dar una buena vida a su hijo.

–Y dime, Serena... ¿con quién quieres que crezca nuestro hijo? –preguntó él, acercándose un poco.

–Conmigo.

Él respiró hondo.

–¿En Inglaterra?

Serena tragó saliva. Nikos lo había preguntado

con un tono tan agresivo que casi la acobardó. Pero ella sostuvo su mirada, decidida a no mostrar debilidad.

—Sí.

Serena se acordó de Sally, de todas las veces que había intentado quedarse embarazada y todas las veces que había fracasado. Era como si el destino les estuviera tomando el pelo. Su hermana, que quería ser madre, no lo conseguía; y ella, que no lo quería, iba a tener un hijo por una sola noche de amor: por haber cometido la imprudencia de hacerlo sin tomar ningún tipo de precauciones.

Sin embargo, esa no era la única consecuencia de su breve aventura amorosa. Nikos había dejado claro desde el principio que no buscaba una relación estable; solo iba a ser una diversión, algo que terminaría cuando ella regresara a su país. Y a ella le había parecido bien. Pero las cosas se complicaron y, dos semanas más tarde, estaba tan absoluta como inconvenientemente enamorada de él.

—No sé si lo he entendido bien —declaró Nikos—. ¿Estás diciendo que tú verás crecer a nuestro hijo, serás testigo de sus primeros pasos y oirás sus primeras palabras mientras yo me veo relegado de tal manera que tendré suerte si consigo verlo un par de veces antes de que se haga mayor?

Las palabras de Nikos la hicieron dudar. ¿Estaba haciendo lo correcto? No era la primera vez que se lo preguntaba, pero él le había dicho que no quería ser padre; o, por lo menos, lo había insinuado de un modo que no dejaba lugar a dudas.

—No me vengas con esas, Nikos. Me dijiste que te

avisara si lo nuestro tenía consecuencias indeseadas. Es obvio que no querías ser padre.

Él suspiró con frustración.

—Es cierto. No quería —dijo.

—Entonces, ¿por qué me pones en esta situación? Volveré a Inglaterra y lo criaré sola. Es lo más lógico.

Serena volvió a pensar en su hermana. ¿Cómo le iba a decir que se había quedado embarazada? ¿Cómo le iba a decir que estaba esperando lo que ella quería con todas sus fuerzas, un hijo? Estaba segura de que no se lo tomaría bien. Sería la gota que colmaría el vaso de su desesperación.

Angustiada, dio un paso atrás tan inseguro que tropezó en un montón de arena. Pero no se llegó a caer. Rápidamente, él cerró los brazos alrededor de su cuerpo e impidió que perdiera el equilibrio.

Serena se mordió el labio inferior. El aroma de Nikos, terriblemente familiar, la invadió con una fuerza devastadora, desatando un sinfín de recuerdos tórridos. Y su respiración se aceleró un poco más cuando clavó la vista en sus ojos azules y vio que, además de mirarla con ira, ahora la miraba con deseo.

—No me has entendido, Serena. Es verdad que no quería ser padre, pero eso no significa que vaya a dar la espalda a mi hijo.

Serena se volvió a preguntar si tenían alguna posibilidad de fundar una familia. ¿Podían estar juntos? ¿Podrían criar juntos al niño que estaba esperando? Habría dado cualquier cosa por creerlo, pero ¿cómo ser feliz con un hombre que desconfiaba de ella y que, por otra parte, le había ocultado su verdadera identidad?

Tras unos segundos de silencio, sacudió la cabeza y dijo:

—No saldría bien, Nikos.

Nikos la abrazó con más fuerza. Serena sintió su aliento en la cara, y tuvo que luchar contra la abrumadora necesidad de cerrar los ojos y besar sus labios; fue como si hubiera retrocedido en el tiempo y hubiera regresado al primer día de su relación, a la primera chispa de deseo que saltó entre ellos.

Justo entonces, oyó el sonido de su teléfono móvil, que llevaba en el bolso. Y la magia se evaporó al instante, dejándolos a solas con la cruda realidad.

Nikos la soltó, retrocedió y frunció el ceño, mirándola con desconfianza. El teléfono dejó de sonar antes de que Serena pudiera sacarlo, y se quedaron sumidos en un silencio tan ominoso que parecía haberse tragado el rumor de las olas.

—No voy a permitir que mi hijo crezca en otro país —dijo él, momentos más tarde—. Tiene que crecer aquí, con su familia griega. Y, sobre todo, con su padre.

Serena se apartó un poco de él.

—¿Y dónde encajaría yo? —replicó.

—Eso es algo que solo puedes decidir tú.

—¿Y si quiero volver a Inglaterra?

—Si quieres volver, vuelve —respondió Nikos—. Pero solo después de que des a luz aquí, en Grecia. Y el niño se quedará conmigo.

Serena lo miró con incredulidad. ¿Dónde estaba el hombre del que se había enamorado? El Nikos que estaba ante ella no tenía ni un asomo de calidez. Era un desconocido frío y calculador.

–No me puedes obligar a que me quede. Y no me voy a ir sin mi hijo.

–Yo no te estoy obligando a nada. La elección es tuya.

–¿Mía? Me estás poniendo entre la espada y la pared...

–En absoluto. Te estoy ofreciendo una vida nueva. Porque sobra decir que, si te quedas, me casaré contigo.

El teléfono empezó a sonar otra vez, interrumpiendo su conversación.

–¿No crees que deberías contestar? –preguntó Nikos.

–No. No puedo.

Serena se había quedado tan confundida con su oferta de matrimonio que ni ella misma supo si su «no puedo» se refería a la llamada telefónica o a la propuesta de Nikos. ¿Quería que se casara con él? ¿Después de todo lo que había pasado entre ellos?

Nikos la miró con exasperación. Su gloriosa melena roja, empujada por el viento, había formado una especie de velo que ocultaba parcialmente el rostro de Serena

–¿Qué quieres decir con eso de que no puedes?

Nikos pensó en el acuerdo comercial que estaba a punto de cerrar, y en lo mucho que le había costado. Comprar aquella naviera había resultado incomparablemente más sencillo que intentar razonar con Serena; sobre todo, porque se jugaba algo que también incomparablemente más importante: el futuro de su hijo.

—No lo sé... —dijo ella, sacudiendo la cabeza.

Él suspiró.

—Pues será mejor que te aclares.

Serena lo miró a los ojos.

—¿Cómo es posible que quieras casarte conmigo? Casi no nos conocemos. Lo nuestro fue una simple aventura, un *affaire* veraniego.

La voz de Serena sonó clara y tranquila, pero Nikos no se dejó engañar. Su palidez le decía que estaba tan incómoda como él.

—Ni siquiera me amas, Nikos —continuó ella.

—El amor no tiene nada que ver.

—¿Que no tiene nada que ver? —preguntó, más confundida que nunca—. Entonces, ¿por qué quieres que nos casemos?

—Porque es la solución más conveniente —respondió—. Aunque admito que el matrimonio no entraba en mis planes.

Nikos fue sincero con ella. La difícil relación de sus padres y su divorcio posterior habían provocado que tuviera una visión muy negativa del matrimonio, y hasta de las relaciones amorosas en general. Prefería que su contacto con el sexo opuesto se limitara a experiencias cortas, sin compromisos de ninguna clase. Solo buscaba diversión, encuentros como el que habían tenido ellos mismos.

—Ni el matrimonio ni la paternidad —le recordó ella.

—En efecto. Pero estoy dispuesto a asumir la responsabilidad de ser padre –replicó con vehemencia–. No te equivoques, Serena. No permitiré que mi hijo se pase la vida de país en país, yendo de un lado a otro como si fuera una carta que nadie quiere leer.

Capítulo 3

SERENA se apartó una vez más de Nikos y de la furia de sus palabras. Necesitaba poner tierra de por medio.

–No tengo ganas de seguir hablando. ¿Podríamos dejar la conversación para mañana?

Él la miró con una extraña e inesperada preocupación.

–Sí, puede que sea lo más acertado. Quizá te muestres más razonable cuando descanses y tengas ocasión de reflexionar –observó–. Quizá entiendas entonces que el matrimonio es la mejor de las opciones. Al menos, para nuestro hijo.

Ella se puso tensa, indignada por su comentario. Siempre había sido una mujer razonable, pero no se quería casar con un hombre que no la quería.

–No cambiará nada, Nikos. Seguiré pensando lo mismo que pienso ahora.

Nikos hizo caso omiso de su comentario.

–¿Dónde te alojas? –preguntó.

A Serena le pareció una pregunta sospechosa. Sobre todo, porque la había formulado con una tranquilidad que no encajaba en la discusión que mantenían.

¿Qué se traería entre manos?

Fuera lo que fuera, no podía confiar en él. Era un

hombre que la había engañado en algo tan básico como su verdadera identidad. Pero ¿por qué había mentido? ¿Qué esperaba ganar con ello? Tenía la sensación de que se había metido en un lío mucho más grave del que había imaginado. Y no le gustaba nada.

–Donde estuve la última vez –contestó.

Serena lo dijo con indiferencia, intentando no pensar en las noches de amor que habían vivido en ese mismo hotel. O, más exactamente, en esa misma habitación.

Ni ella misma sabía por qué se había empeñado en repetir alojamiento. ¿Porque le recordaba al hombre del que se había enamorado? ¿Porque era el sitio donde habían hecho el amor por primera vez?

Nikos se había mostrado tan increíblemente cariñoso como maravillosamente comprensivo con su inocencia, aunque no imaginaba hasta qué punto era inocente. Y ella pensó que había encontrado al hombre que buscaba; un hombre que no se parecía en absoluto al que intentaba obligarla a casarse con él.

–En ese caso, iremos a recoger tu equipaje –dijo Nikos.

Él se acercó y la tomó de la mano. Serena no quería dejarse llevar, pero el contacto de su piel le causó un escalofrío de placer tan intenso que no fue capaz de resistirse. Tenían una cuenta pendiente: una cuenta de pasión inconclusa, y su cuerpo ardía en deseos de volver a sentir los besos y las caricias de Nikos.

Desgraciadamente, seguía enamorada de él.

Cuando se dio cuenta de lo que estaba haciendo, se detuvo en seco y protestó. Por mucho que deseara a aquel hombre, ya no estaba con un amante apasionado, sino con una amenaza a su felicidad y la felicidad de su hijo.

—¿Se puede saber qué estás haciendo? —bramó.

Nikos la miró como si él fuera un cazador y ella, su presa.

—Tomar el control —dijo.

Serena se estremeció.

—¿De qué? ¿De mí?

Él sacudió la cabeza.

—No. De mi hijo.

Ella parpadeó, perpleja. ¿Creía que se iba a rendir por el simple hecho de que adoptara el papel de padre preocupado? ¿Creía que se iba a casar con él, a sabiendas de que no la amaba? ¿Cómo era posible que estuviera tan ciego?

En cualquier caso, no quería estar con él en ese momento. Necesitaba pensar, sopesar las cosas. Nada iba como había planeado. Y, para empeorarlo todo, su confusión se mezclaba con el irritante y omnipresente deseo que Nikos despertaba en ella, burbujeante como una botella de champán.

—Mira, es mejor que nos separemos ahora y dejemos la conversación para mañana.

—No te preocupes por eso. Hablaremos mañana, sí, pero en Atenas.

Él tiró de ella, que volvió a dejarse llevar a pesar de su reticencia. Incluso se sintió algo mejor cuando abandonaron la playa y, con ello, el rumor de las olas. Se dirigían al pequeño hotel donde habían disfrutado de tantas noches de amor; un lugar que le traía buenos recuerdos, porque estaba asociado a una época más sencilla, más fácil, sin complicaciones.

Y entonces, cayó en la cuenta de lo que Nikos acababa de decir.

–¿Atenas? –preguntó.

–Sí, por supuesto. Es la ciudad en la que vivo y trabajo –contestó él con firmeza–. Nos iremos dentro de una hora.

–¿Pretendes que te acompañe? ¿Por qué demonios me voy a ir con un hombre que me ha mentido desde el principio?

–Porque estás embarazada de ese hombre.

Las luces del hotel enfatizaron los duros pómulos de Nikos, devolviéndole la imagen formidable del empresario acostumbrado a imponer su criterio en cualquier circunstancia, desde una sala de juntas a un dormitorio.

–Pero tú no quieres tener hijos –insistió ella.

Serena estaba al borde de la histeria; en parte, por simple agotamiento; llevaba todo el día de viaje y necesitaba descansar. Si no dormía un poco, se arriesgaba a cometer el error de rendirse a su propio deseo y permitir que Nikos tomara el control. Y era demasiado peligroso. Si la había engañado una vez, la podía engañar una vez más.

–No quiero discutir contigo, Serena. Venga, vamos a recoger tu equipaje. Mi avión está esperando.

Serena no tuvo fuerzas para resistirse. Era consciente de que debía hacerlo, pero había un problema que se lo impedía: que, en el fondo, quería estar con Nikos. Que aún creía en un final feliz.

Lo siguió al interior del hotel, en lucha con sus propios sentimientos. ¿Habría alguna posibilidad de que retomaran la relación que habían mantenido?

¿Sería posible que volvieran a los tiempos de las caricias y las palabras afectuosas?

Nikos se puso a hablar con el recepcionista, en griego. Y, al oír su voz, Serena supo que la suerte estaba echada.

No tenía más remedio que acompañarlo a Atenas, aunque solo fuera para arreglar las cosas. Era el padre del niño que llevaba en su vientre y debían hacer un esfuerzo por llevarse bien. Pero no quería que le hiciera daño, y solo lo podría evitar si se mostraba fuerte.

–Bueno, ya está todo arreglado –dijo él–. Llegaremos al aeropuerto dentro de unos minutos, y podrás descansar en el avión.

Serena se quedó perpleja. Especialmente, porque el dependiente del hotel los miró con una sonrisa en los labios, tomándolos por una pareja de enamorados.

–¿Descansar? –preguntó.

–Claro. Debes de estar agotada.

Nikos le pasó un brazo alrededor de los hombros y le dio un beso en la frente, confundiéndola todavía más.

–Recojamos tu equipaje –añadió.

Incapaz de hacer otra cosa que seguirle el juego, Serena se dejó llevar hacia las escaleras. Su contacto físico la estaba volviendo loca, y se alegró cuando llegaron a la habitación y se alejó de ella para que pudiera abrir la puerta. Pero su alegría fue breve. Cuando metió la mano en el bolso para sacar la llave, vio el teléfono móvil y se acordó de las llamadas que no había contestado: otro problema que no se iba a solucionar solo.

–¿Has elegido esta habitación a propósito? ¿O ha sido una coincidencia? –se interesó él.

Ella abrió la puerta y mintió:

–Ni una cosa ni la otra. Yo no me la he pedido, pero supongo que me la han dado porque se acordaban de mí.

Justo entonces, Nikos vio el tamaño de su maleta y frunció el ceño. Era verdaderamente pequeña.

–¿Solo has traído eso?

–Como ya te he dicho, solo he venido porque quería decírtelo en persona. No tenía intención de quedarme mucho tiempo –respondió–. Era perfectamente consciente de que no podíamos retomar nuestra relación donde la dejamos. Sobre todo, después de que afirmaras que no querías ser padre.

–Yo no dije eso, Serena –dijo, entrecerrando los ojos.

–Pero lo insinuaste –le recordó–. Te aterraba la idea de que nuestras noches de amor terminaran en un embarazo.

–Eso no es cierto.

Nikos dio un paso adelante, y el corazón de Serena se aceleró de inmediato.

–¿Ah, no? –replicó, desesperada por ocultar el efecto que tenía en ella.

Los ojos de Nikos se oscurecieron. Y cuando volvió a hablar, su voz sonó intensa y terriblemente sexy.

–Sigue aquí, ¿verdad? Sigue entre nosotros...

–¿A qué te refieres?

Serena lo sabía de sobra, pero no quería darse por

enterada. Si Nikos llegaba a saber lo que sentía, su situación se volvería insostenible.

—A lo que había entre nosotros. Al deseo que nos unió en esta misma habitación y en esta misma cama, noche tras noche.

Serena rememoró sus dulces caricias y sus apasionados besos. Había llegado a estar tan segura de que Nikos era su alma gemela que se había entregado a él por completo, sin ningún tipo de cautela. Pero ahora, al mirarlo otra vez, se dijo que se había engañado miserablemente. Había confundido el amor con el deseo. Había creído que estaban enamorados, y solo era una aventura pasajera.

—Serena...

Ella lo miró a los ojos, y estuvo a punto de perderse en su pasión. Pero no podía. Tenía que ser fuerte.

—No intentes seducirme con tus besos, Nikos. Esta vez no lo conseguirás.

—No necesito besos para conseguir lo que quiero.

Él se acercó un poco más, atrapándola contra la pared.

—¿Y qué es lo que quieres? —dijo ella, desafiante.

—Que vengas a Atenas conmigo.

Serena sacudió la cabeza.

—No voy a ir.

—Entonces, ¿por qué has venido?

—Porque quería hablar con un pescador que iba a ser padre. Le quería decir que, pasara lo que pasara, no impediría que viera a su hijo —respondió—. Pero tú no eres ese pescador.

–Y es una suerte que no lo sea. Si fuera pobre, no te podría dar lo que necesitas. Pero no lo soy, y estoy dispuesto a dártelo con una condición: que te cases conmigo.

–No lo entiendo –dijo ella–. ¿A qué viene esa obsesión con el matrimonio?

–A que quiero que mi hijo lleve mi apellido.

Serena sacudió la cabeza.

–Crees que te puedes salir siempre con la tuya, ¿verdad? Te sientes tan poderoso, tan invencible... Pero esta vez te has pasado de listo, Nikos. No me arrastrarás al altar. No me casaré contigo.

Serena se dirigió a la puerta de la habitación y la abrió de par en par, esperando que entendiera la indirecta y se marchara.

Pero no se fue.

Nikos se quedó inmóvil, intentando controlar su ira.

¿Cómo se atrevía a negarle el derecho a estar con su propio hijo? Si Serena creía que se iba a rendir, estaba muy equivocada. Nunca había albergado el deseo de ser padre; pero lo iba a ser, y no permitiría que nadie se interpusiera en su camino.

Ni siquiera ella.

–Serás mi esposa –insistió–. Ese niño es mi heredero, y no me lo vas a negar.

Serena lo miró con hostilidad.

–¿Y qué vas a hacer? ¿Casarme contigo a la fuerza?

Él se cruzó de brazos.

–No, nada de eso.

–¿Entonces?

–Te voy a hacer una oferta que no podrás rechazar.

Ella arqueó una ceja.

–Tú no tienes nada que yo pueda querer –replicó.

Nikos se quedó un poco confundido. Por la actitud de Serena, cualquiera habría dicho que ni siquiera sentía curiosidad. Y decidió cambiar de estrategia.

–Si ese niño es mío...

–¿Cómo que si lo es? –lo interrumpió–. Por supuesto que es tuyo.

–No me has dado pruebas de que lo sea.

Serena se giró hacia el bolso con tanta rapidez que Nikos pensó que iba a perder el equilibrio. Luego, lo abrió y sacó una fotografía en blanco y negro.

–Toma –dijo, ofreciéndosela–. Aquí tienes la prueba.

Él alcanzó la foto y la miró.

–¿Qué más necesitas? –continuó ella–. ¿Un informe con fechas que demuestren que me quedé embarazada aquí, cuando estaba contigo?

–Esto bastará por el momento. Pero quiero que vayas al médico.

Nikos pensó que lo había tomado por estúpido. ¿Creía que se iba a contentar con su palabra? No habría sido la primera vez que una mujer engañaba a un hombre para hacerle responsable del hijo de otro.

Pero, en el fondo de su corazón, sabía que Serena era sincera. Al fin y al cabo, había perdido la virginidad con él. Y le había dado una buena sorpresa, porque no imaginaba que fuera virgen. De hecho, había tenido que hacer un esfuerzo para ocultar su perplejidad y concentrarse en lo más inmediato: que sintiera tanto placer como él.

–Eso no es necesario. Ya he visto a médicos ingleses.

Nikos volvió a mirar la fotografía. Todas las pruebas que necesitaba estaban allí, delante de sus ojos. El niño era suyo. No tenía ninguna duda al respecto. Lo sentía en lo más profundo de su ser.

–Aun así, quiero que veas a un médico cuando lleguemos a Atenas.

–No iré a Atenas. Y no me casaré contigo.

La voz de Serena sonó tan triste y desesperada que, en otras circunstancias, Nikos la habría tomado de la mano, se habría interesado por sus sentimientos y le habría dicho que todo iba a salir bien. Pero no se podía permitir el lujo de parecer débil.

–Cuando accedas a ser mi esposa, te daré todo lo quieras –insistió, como si ella no hubiera dicho nada.

–¿Es que estás sordo? No quiero nada de ti.

–¿Seguro que no? Piénsalo bien, Serena –dijo–. Dudo que tu hermana se alegre cuando sepa que has rechazado la oportunidad de que ella pueda seguir con su tratamiento de fertilización in vitro.

–¿Cómo?

Serena cruzó la habitación y se detuvo ante él, indignada.

–¡Eso es chantaje! –protestó.

–No. Es conseguir lo que quiero, pagando un precio justo.

–Es extorsión pura y dura.

–Dura, tal vez. Pero es la única oferta que vas a

sacar de mí –declaró, implacable–. Tú sabrás lo que haces.

–Tienes que estar loco para pensar que voy a aceptar esos términos.

Serena le quitó la fotografía.

–No te enfrentes a mí –le advirtió él.

–No quiero enfrentarme a ti –afirmó ella–. Solo quiero lo mejor para mi hijo.

Él respiró hondo, a punto de perder la paciencia. No esperaba que Serena rechazara su ofrecimiento.

–¿Tu hijo? Discúlpame, pero también es mío.

Nikos se quedó mirando a Serena, quien bajó la cabeza y clavó la vista en la fotografía. Ahora tenía la oportunidad de ayudar a su hermana, pero a un precio tan increíblemente alto que sintió náuseas.

No se podía casar con un hombre que la había engañado. No se podía casar con un hombre que nunca había querido ser padre. Y, desde luego, tampoco se podía casar con un hombre que no la amaba.

Pero ¿qué otra cosa podía hacer?

–Nikos, ¿qué pasará si te enamoras de otra mujer y no te puedes casar con ella porque ya estás casado conmigo? –preguntó, intentando ser razonable.

–Eso no sucederá. Nunca he querido casarme.

–Entonces, ¿por qué me ofreces el matrimonio a mí?

Serena lo preguntó por preguntar. Conocía la respuesta. Nikos era un hombre conservador, y no soportaba la idea de tener un hijo natural. Pero eso iba en contra de sus ideas y de su propia experiencia personal, porque no quería que su pequeño tuviera la misma infancia que había tenido ella, atrapada entre unos padres que se odiaban.

–Mira, puede que yo esté chapado a la antigua, pero no quiero tener un hijo fuera del matrimonio. Y, te guste o no, esa es mi única oferta –dijo–. Decídete. Y decídete ya, porque mi avión está esperando.

Serena sopesó rápidamente sus opciones. Si aceptaba su oferta, Sally podría seguir con el proceso de fertilización in vitro y tener el niño que tanto deseaba. Si aceptaba su oferta, Sally saldría del pozo de amargura en el que se había hundido y volvería a ser la mujer feliz de antaño.

Pero eso no era lo único que podía ganar.

A pesar de todo lo que había sucedido, Serena seguía albergando la esperanza de que Nikos se enamorara de ella. A fin de cuentas, el amor no estaba muy lejos de la pasión. Y si podían recuperar la pasión de sus primeros días, cabía la posibilidad de que el sexo se transformara en algo más profundo.

–¿Serena? –dijo él, esperando su respuesta.

Ella quiso resistirse o, por lo menos, pedirle tiempo para pensar; pero ya le había dado demasiadas vueltas y no creía que lo tuviera más claro al día siguiente. Además, marcharse a Atenas no significaba nada. Aún no estaban casados. Podía aceptar su respuesta, ganar un poco de tiempo y después, llegado el caso, cambiar de idea.

–Muy bien. Lo haremos a tu modo.

Capítulo 4

S ERENA aún estaba conmocionada por lo sucedido cuando llegaron a Atenas. No podía
creer que se hubiera enamorado de un hombre
tan cruel.

Cuando su avión privado aterrizó, supuso que ba-
jarían del aparato y se subirían a una limusina con
chófer; y se llevó una sorpresa al ver que Nikos lla-
maba a uno de los taxis amarillos que esperaban en
la entrada del aeropuerto.

Abrieron la portezuela del taxi y se sentaron. Serena contempló el duro perfil de su antiguo amante y
se preguntó por enésima vez si era el mismo hombre
del que se había enamorado. Él le devolvió la mirada, y era tan fría que ella se giró hacia la ventanilla
y se dedicó a mirar el paisaje.

Al cabo de un rato, divisó la Acrópolis, totalmente
iluminada.

–Qué preciosidad –dijo–. Es una maravilla.

La actitud de Nikos cambió inmediatamente.

–Sí, ¿verdad? Yo no me canso de mirarla –comentó, inclinándose hacia ella–. Deberíamos ir algún día.

Serena pensó que Nikos hablaba como si diera
por sentado que su presencia en Grecia sería perma-

nente. No había dicho que fueran a la Acrópolis esa misma semana, por ejemplo, sino algún día; como si tuvieran todo el tiempo del mundo.

Se recostó en el asiento e intentó no darle demasiadas vueltas. Estaba demasiado cansada para pensar. Pero, de repente, le pareció extraño que Nikos viviera en Atenas en lugar de vivir en Santorini, la tierra donde había nacido.

–¿Llevas mucho tiempo en la capital? –le preguntó.

–Desde la adolescencia. Me vine cuando salí del instituto, y luego conseguí un empleo en la Xanthippe Shipping. Pero supongo que me has investigado, y que ya conoces esa historia –dijo con amargura–. Ah, estamos a punto de llegar a mi casa...

–¿No crees que debería quedarme en un hotel? –preguntó ella, preocupada ante la perspectiva de alojarse con él.

–No.

Nikos dijo algo en griego al conductor y, momentos después, el taxi se detuvo.

La casa de Nikos estaba en un edificio moderno, pero bien integrado con las mansiones antiguas que había a su alrededor. No se parecía nada a la casita enjalbegada de blanco que tenía en la isla de Santorini. Serena no la conocía, pero la había visto a lo lejos y la había convertido en el eje de un sinfín de fantasías románticas. Y ahora ni siquiera estaba segura de que fuera suya. Si había mentido sobre su identidad, también podría haber mentido sobre su domicilio.

–Es tarde, y estás demasiado cansada para que

nos pongamos a buscar un hotel –continuó Nikos–.
Te quedarás conmigo.

–No sé si es una buena idea.

–Oh, vamos, no quiero discutir contigo. Te quedarás conmigo esta noche, y mañana, cuando vuelva de
mi reunión, volveremos a hablar.

Ella suspiró. Efectivamente, estaba agotada. Solo
quería acostarse y dormir. Pero no tenía intención
alguna de dormir con él.

Justo entonces, un coche se detuvo a su lado. Alguien gritó unas palabras en griego y Nikos respondió en el mismo idioma mientras pasaba un brazo
alrededor del cuerpo de Serena, como para protegerla. Al principio, ella no se dio cuenta de lo que
pasaba, pero, al ver el destello de un flash, llegó a la
única conclusión posible: eran periodistas.

Aquello la incomodó profundamente. Sabía que
Nikos era un hombre importante, pero no imaginaba
que lo fuera tanto como para que los periodistas lo
siguieran hasta su propia casa.

–¿Qué quieren? –preguntó.

Nikos abrió la puerta del edificio y la acompañó
hasta un vestíbulo de paredes blancas, muy lumi-
noso.

–Quieren saber quién eres –dijo, pulsando el botón del ascensor.

Ella frunció el ceño.

–¿Por qué? Yo no soy nadie...

–No es por ti, sino por mí. Cuanto más éxito tengo
en los negocios, más se interesan por mi vida personal. Sobre todo, porque saben que no estoy saliendo
con nadie.

–¿Y qué les has dicho?

–La verdad.

La puertas del ascensor se abrieron. Nikos entró y se apartó un poco, para dejarle espacio.

–¿Y qué verdad es esa?

–Que eres mi prometida.

Serena no supo por qué se sintió súbitamente mareada. Tal vez, por el movimiento del ascensor o por las palabras que él acababa de pronunciar. Pero fuera por el motivo que fuera, no tuvo más remedio que cerrar los ojos y agarrarse a la barra.

Serena se quedó tan pálida que Nikos se preocupó. Parecía a punto de desmayarse, así que se acercó rápidamente a ella y la tomó en brazos.

Estaba furioso. ¿Cómo podía ser tan inconsciente? Había cruzado toda Europa para ir a verlo a la isla de Santorini, y sin nadie que la pudiera ayudar. No era una idea precisamente brillante para una mujer en su estado.

Pero, al mismo tiempo, también sintió una extraña necesidad de protegerla, una necesidad que se volvió más intensa cuando la sacó del ascensor y la llevó hacia su casa. Quizá, porque el contacto de su cuerpo lo estaba volviendo loco.

Al llegar a la puerta, metió la llave como pudo y entró con Serena del mismo modo, haciendo lo posible por no soltarla ni darse con el marco. Ya lo había conseguido cuando ella parpadeó y clavó en él sus ojos verdes.

–Se supone que estas cosas se hacen cuando te acabas de casar –dijo con voz débil.

–Es posible. Pero yo hago las cosas a mi manera –replicó Nikos.

Él cerró la puerta y la volvió a mirar. Sabía que Serena no estaba allí por gusto, sino porque la había puesto entre la espada y la pared, pero no permitiría que se marchara. Estaba decidido a fundar una familia con ella, la clase de familia que le habría gustado tener cuando era un niño. Y nada ni nadie se lo iba a impedir. Ni siquiera la propia Serena.

–Ya me puedes soltar.

–¿Estás segura?

Serena asintió.

–Sí, supongo que me he mareado por el movimiento del ascensor –contestó–. He tenido un día muy largo.

–En ese caso, pediré algo de comer. No te puedes acostar sin haber comido.

Él la soltó, pero de un modo tan lento y cuidadoso que pudo sentir todas y cada una de sus maravillosas curvas. Y, por supuesto, se excitó. Pero tragó saliva y se apartó de ella con rapidez. No quería complicar las cosas con el deseo. Especialmente, porque ya les había causado bastantes problemas.

Nikos abrió las puertas correderas de cristal que daban a la terraza y dijo:

–Disfruta de las vistas.

Serena lo miró a los ojos, y Nikos se sintió culpable por haberla tratado con tanta brusquedad. Parecía verdaderamente agotada. Pero sabía que era un cansancio pasajero y que, cuando se recuperara del viaje, volvería a ser la mujer obstinada que se había enfrentado a él unas horas antes, una mujer con quien estaba lejos de haber llegado a un acuerdo.

Nikos era consciente de que las decisiones que tomara determinarían no solo su futuro y el futuro de Serena, sino también el de su hijo. Pero no se arrepentía de haberla colocado en esa situación. La conocía lo suficiente como para saber que, si no hubiera impuesto su criterio, se habría marchado a Inglaterra y no la habría vuelto a ver.

Estaba decidido a no repetir los errores de su padre, que había negado la existencia de su propio hijo hasta el punto de considerarlo poco menos que una inconveniencia. Quería ser mejor que él. Quería ser un buen padre, un padre responsable y cariñoso. Y, para conseguirlo, necesitaba que Serena se quedara a su lado, es decir, que hiciera lo que su madre no había hecho.

Pidió la cena e intentó no pensar demasiado; no iban a arreglar nada aquella noche, así que tampoco tenía sentido que se obsesionara. Luego, cruzó el salón y salió a la terraza.

La temperatura era agradable, muy parecida a la que había hecho en Santorini durante la que debía ser su última noche de amor. Se fueron a pasear por la playa, con intención de despedirse y poner fin a su aventura. Pero se besaron, y aquel beso cambió sus vidas.

Nikos no buscaba una relación estable. De hecho, ni siquiera se creía adecuado para Serena. Ella necesitaba un hombre capaz de entregarse y de abrir su corazón a otra persona, un hombre que no se parecía nada a él. Sin embargo, el efecto del champán que se habían tomado se combinó con la potencia de aquel beso y los empujó a hacer el amor en la playa, bajo la luz de las estrellas.

Cuando terminaron, Serena le confesó que se había enamorado de él, y Nikos se quedó atónito. ¿Cómo era posible? Él no merecía el amor de nadie. Su propia madre se lo había dicho.

Justo entonces, cayó en la cuenta de que acababan de mantener relaciones sexuales sin usar ningún método anticonceptivo. Había roto una de sus normas más importantes y, al romperla, se había arriesgado a dejarla embarazada.

Su confusión se transformó entonces en ira. ¿Qué había hecho? Había permitido que la pasión nublara su juicio. Se había dejado llevar por un momento de locura que podía terminar en la peor de sus pesadillas: ser lo que no debía ser. Ser padre.

Se levantó de golpe, tirando las copas de champán que estaban en la manta; y, antes de ser consciente de lo que hacía, dijo con brusquedad: «Avísame si lo nuestro tiene consecuencias». Serena se quedó pálida. Y, un momento después, se marchó.

Nikos no fue capaz de seguirla. Se quedó en la playa, tan asustado ante la posibilidad de haber engendrado un hijo que no volvió a pensar en la declaración de amor de Serena.

Pero ahora, al verla en la terraza de su casa, se acordó.

Serena estaba enamorada de él. Y, por si eso fuera poco, había algo indiscutiblemente peor desde su punto de vista: que, durante un par de semanas, él también había creído que la amaba. O, por lo menos, que se podía enamorar de ella.

–¿Señor?

La voz del mayordomo lo sacó de sus pensamientos.

–¿Sí?

–La cena está lista.

Nikos agradeció la interrupción. Era una excusa perfecta para dejar de pensar. Una excusa perfecta para olvidar.

Serena se arrepintió una vez más de no haberse marchado a un hotel. Necesitaba estar a solas y dormir un rato. Pero ya era demasiado tarde, así que hizo un esfuerzo e intentó mostrarse razonablemente locuaz durante la cena, que estaba exquisita.

Tras los postres, Nikos se levantó y dijo, como adivinando su agotamiento:

–Te acompañaré a tu habitación.

–Gracias.

Serena pensó que tenía motivos para sentirse aliviada. Las palabras de Nikos no dejaban lugar a dudas: iban a dormir en habitaciones distintas. Pero, lejos de sentir alivio, se sintió rechazada como mujer.

Le habría gustado que las cosas fueran distintas. Le habría gustado que Nikos estuviera enamorado de ella.

Mientras cruzaban el comedor, lamentó no poder hablar con su hermana. Sally le sacaba ocho años, y siempre había sido la más sensata y racional de las dos. Cuando necesitaba un consejo, acudía a ella; y estaba más necesitada que nunca de su consejo. Pero no la podía llamar. No le podía decir que iba a tener lo que ella deseaba con toda su alma: un bebé.

Irónicamente, casarse con Nikos era la única esperanza de Sally. Si se convertía en su esposa, él pagaría el tratamiento de fertilización. Y Sally tendría lo que quería.

–Mañana me iré pronto. Tengo una reunión a primera hora –le informó él–. Relájate y disfruta de la casa. Volveré a la hora de comer.

Nikos la miró, y ella creyó ver un fondo de afecto y preocupación en sus ojos azules. Momentos después, abrió la puerta de la habitación donde Serena iba a dormir y añadió:

–Que duermas bien.

Serena notó el aroma de su loción de afeitado y se acordó de lo que sentía cuando estaba entre sus brazos. Pero no se iba a quedar con ella. La iba a dejar sola.

–¿No tienes miedo de que me escape? –preguntó.

–Puedes hacer lo que quieras, Serena. Eres libre. Pero estoy seguro de que la felicidad de tu hermana es tan importante para ti como la de mi hijo para mí.

Ella frunció el ceño.

–Eres odioso, Nikos.

Él se encogió de hombros.

–Piensa lo que quieras. Pero recuerda esto: si te vas, te encontraré.

Serena estuvo a punto de responder de mala manera. Sin embargo, sabía que no habría servido de nada, así que se limitó a despedirse.

–Buenas noches, Nikos.

–Buenas noches, Serena.

Nikos la miró un momento y se marchó.

Serena entró en la habitación y cerró la puerta, consciente de que aún tenía algo importante que hacer. Algo tan importante como difícil.

Sally había llamado varias veces, y no tenía más remedio que hablar con ella. Pero ¿qué le iba a decir? Evidentemente, no le podía contar toda la historia. De hecho, no le podía contar demasiado, porque se arriesgaba a que su hermana atara cabos y terminará sacándole la verdad, embarazo incluido.

Tras unos instantes de duda, alcanzó el teléfono y marcó el número. Sally contestó casi de inmediato.

–¿Dónde te has metido? –preguntó–. No estarás en Grecia, con tu guapo pescador...

Serena se sintió algo mejor al oír la irónica voz de su hermana.

–Pues, ahora que lo dices, sí.

–Oh, no sabes cuánto me alegro. Estaba preocupada por ti.

Serena se sintió culpable. No quería decir nada que aumentara la angustia de Sally, pero tampoco quería tener secretos con ella. Era su hermana mayor, la persona que la había cuidado y defendido durante muchos años, la que adoptaba el papel de madre cuando sus padres estaban tan ocupados con sus disputas que no tenían tiempo para ellas.

–No te preocupes por mí. Estoy bien –afirmó–. ¿Y tú? ¿Qué tal estás?

–Me gustaría decir que estoy de maravilla, pero no puedo.

–¿Y eso?

–Tengo malas noticias, Serena –dijo con voz rota.

Serena se sentó en la cama.

–El tratamiento no ha salido bien. Y era mi última oportunidad –continuó Sally.

–Oh, no...

–Ya no podré ser madre.

Serena cerró los ojos. Sabía que su hermana carecía del dinero necesario para someterse a otro proceso de fertilización, lo cual la condenaba a ella a casarse con Nikos. La trampa se había cerrado. Ya no tenía más opción que aceptar su propuesta.

–En fin, qué se le va a hacer –siguió Sally–. Las cosas son como son.

Serena derramó una lágrima solitaria. Le habría gustado que su hermana estuviera allí para poder abrazarla y animarla un poco. Pero estaba en Inglaterra y, para empeorar las cosas, ni siquiera le podía contar lo sucedido.

–No, no tienen por qué ser así. Encontraremos una solución –replicó Serena–. Te lo prometo.

Sally sonrió al otro lado de la línea.

–Anda, vuelve con tu querido griego, que te estará esperando –dijo con humor–. Y hazme caso: no cometas el error de creer que todas las relaciones amorosas son como la que nuestros padres tuvieron.

–¿Qué quieres decir? –preguntó.

–Que tienes que construir tu propia felicidad. Si encuentras el amor, no lo rechaces. Aférrate a él y defiéndelo con uñas y dientes. Ten valor, Serena. Sé valiente.

Serena asintió en silencio. A fin de cuentas, ¿qué le podía decir? ¿Que se había enamorado de un hombre que no la quería?

Al final, le dio las gracias por el consejo y dijo:

—Descuida. Si encuentro el amor, seré valiente.

Al cabo de unos momentos, se despidieron y pusieron fin a la conversación. Serena se tumbó en la cama, sin más deseos que dormir y olvidarlo todo. Pero las palabras de Sally siguieron resonando en su cabeza.

¿Estaría en lo cierto? ¿Sería posible que la catastrófica relación de sus padres fuera el motivo de su fracaso emocional? ¿Habría estado expulsando inconscientemente a los hombres que se acercaban a ella?

Tras pensarlo un rato, se dio cuenta de que Sally tenía razón. Y se dijo que había llegado el momento de dejar de huir, de dejar de esconderse, de abrazar el amor.

Nikos no estaba enamorado de ella, lo cual complicaba enormemente las cosas. Pero ella lo estaba de él. ¿Sería capaz de amar tanto a Nikos como para equilibrar la falta de amor de su futuro marido?

Serena no se hacía ilusiones al respecto. Pero no tenía más remedio que intentarlo. Por su bien y por el de su hijo.

Capítulo 5

NIKOS estaba de mal humor cuando puso fin a su reunión matinal. Había sido bastante difícil; en parte, porque sus pensamientos volvían una y otra vez a la pelirroja que dormía plácidamente en su casa.

Hasta el día anterior, su vida era de lo más normal. Sin embargo, Serena la había trastocado por completo y había debilitado su paciencia, su fuerza de voluntad y su capacidad de concentración, tres virtudes necesarias para hacer negocios. Como consecuencia, se había mostrado más agresivo de lo habitual, y había terminado por dirigir un ultimátum a su contraparte.

Quería la naviera. La quería de verdad. Pero, en ese momento, tenía un problema mucho más urgente e importante: conseguir que su hijo se quedara con él, lo cual implicaba que Serena se casara con él.

Cuando llegó al edificio donde vivía, se encontró con varios periodistas y se maldijo a sí mismo por haberles dicho que se iba a casar con Serena. Aquella mujer tenía la extraña habilidad de nublar su juicio. Lo empujaba a hacer cosas sin pensar.

–¿Dónde está su prometida? –preguntó uno.

–¿Se va a quedar con la chica y la naviera? –preguntó otro con humor.

Nikos se abrió paso hasta el portal, donde se detuvo y les dirigió unas palabras tan perfectamente tranquilas como educadas, ocultando su irritación:

–Caballeros, aún es pronto para decir nada. Pero los mantendré informados.

Entró en el edificio, se aseguró de haber cerrado bien la puerta y se dirigió al ascensor.

Todo estaba en el aire: la compra de Adonia Cruise Liners, amenazada por su absurda demostración de fuerza; y su estabilidad emocional, amenazada por la actitud de Serena. Ni siquiera sabía si seguiría en el piso. De hecho, la había dejado sola para darle la oportunidad de marcharse y volver a Inglaterra.

¿Se habría ido? ¿Por eso había tantos periodistas? ¿Porque la habían visto salir, subirse a un taxi y pedir al conductor que la llevara al aeropuerto?

Nikos intentó no preocuparse. Si había huido, la encontraría.

Al llegar a la puerta del piso, se detuvo. Estaba muy alterado. Se sentía como si volviera a ser un niño y volviera a estar en aquella playa de Santorini, esperando a su madre. Durante mucho tiempo, se había intentado convencer de que su madre no había sido sincera al decirle que no lo quería. Pero la realidad se impuso y, al final, no tuvo más remedio que asumirlo.

Nikos respiró hondo y entró en la casa.

Las puertas de la terraza estaban abiertas y dejaban entrar los sonidos de la calle. Cruzó el salón con el corazón en un puño y se sintió inmensamente aliviado al ver a Serena. Se había sentado fuera y estaba escribiendo algo en su portátil. ¿Un artículo tal vez? ¿Un reportaje que empeoraría la situación?

–¿Qué haces? ¿Trabajar? –preguntó, nervioso.

Ella sonrió. Debía de haber dormido bien, porque sus verdes ojos habían recuperado su chispa habitual.

–¿Ya estás aquí? No esperaba que llegaras tan pronto. Estás tan ocupado con tus negocios y tu intensa vida social que no debes tener tiempo para nada.

Nikos hizo caso omiso de su sarcasmo, pero no pudo hacerlo de su encanto. Serena lo atraía como si fuera un imán.

Se acercó a ella y se detuvo a su lado. Aquel día se había puesto un vestido de color verde claro que enfatizaba el volumen de sus pechos y disminuía el de su cintura. Nadie habría dicho que estaba embarazada.

–Por tus palabras, deduzco que me has estado investigando. Pero si quieres saber algo de mí, pregúntamelo directamente. Los periódicos no dicen siempre la verdad.

Serena se levantó.

–¿Que te lo pregunte? Mentiste sobre tu identidad. Me engañaste, Nikos –le recordó–. ¿Cómo quieres que vuelva a creer en ti?

Serena lo dijo con un tono tranquilo que no se llevaba nada bien con su expresión sombría, y Nikos tuvo que resistirse al impulso de tomarla entre sus brazos y besarla. No la quería desear, pero la deseaba.

–De todas formas, supongo que ya sabes todo lo que hay que saber.

Él se giró hacia la calle y contempló la Acrópolis, que estaba llena de turistas. Si hubiera podido, habría tomado a Serena de la mano y se la habría llevado allí.

–Es posible, pero el hombre de negocios no me interesa tanto como el pescador que conocí en Santorini. Aunque ese pescador no existe, ¿verdad?

Nikos dio un paso adelante, resistiéndose otra vez a la necesidad de besarla. Estaba perdiendo el control de sus emociones, y le disgustaba mucho. Ardía en deseos de decirle que ese pescador existía, que él era ese pescador y que la quería tanto como entonces. Pero no se podía permitir el lujo de mostrarse débil.

Decidido, volvió a adoptar su actitud de costumbre.

–Ahora mismo soy algo más que un hombre de negocios. Soy un novio que va a llevar a su novia a comprar un anillo.

–Eso no es necesario –dijo ella.

Serena entró en el piso y él la siguió.

Nikos nunca se había planteado la posibilidad de casarse y, desde luego, tampoco había considerado la posibilidad de tener un hijo. Sin embargo, el destino tenía sus propios planes, y ahora estaban condenados a afrontar las consecuencias de una noche de amor tan apasionada como imprudente.

Ella tenía razón. El anillo era completamente innecesario. Pero, si se iban a casar, tenían que hacer lo habitual en esos casos.

–Nos hemos comprometido, Serena. Y necesitarás un anillo de compromiso.

Serena entró en la cocina, donde abrió el frigorífico y sacó una botella de agua. Luego, sirvió dos vasos, dio uno a Nikos y dijo:

–¿Has visto la prensa de hoy?

Nikos guardó silencio.

–A juzgar por las fotos, es evidente que se han tomado muy en serio lo de nuestra boda –continuó ella.

Él arqueó una ceja.

–¿Y eso te molesta?

–Por supuesto que sí –contestó, tajante–. No me has dejado más opción que aceptar tu ridícula propuesta. Pero te juro que te odio, Nikos. Te odio con todas mis fuerzas.

Nikos se quedó pálido, pero Serena no se arrepintió de sus duras palabras. Estaba segura de que su decisión de hablar con la prensa y decirles que se iban a casar era un movimiento calculado, una estratagema para cerrarle todas las vías de escape y obligarla definitivamente a casarse con él.

Hasta cierto punto, eso carecía de importancia. La conversación telefónica con Sally había afianzado su decisión de casarse: era la única forma de que su hermana tuviera acceso al tratamiento que necesitaba. Sin embargo, no quería que Nikos se sintiera demasiado seguro al respecto. No confiaba en él, y tenía miedo de que abusara aún más de su posición de fuerza si sabía que había ganado la partida.

Era una situación desesperante. Había viajado a Grecia para hablar con él y decirle cara a cara que iba a tener un hijo suyo. No pretendía nada más. No buscaba una boda. Pero los acontecimientos se habían desarrollado de tal manera que se iba a quedar atrapada en un matrimonio sin amor, como el que habían sufrido sus padres hasta que su divorciaron. Y se iba a quedar atrapada por la misma razón: por el supuesto bien de su hijo.

Serena respiró hondo. Durante meses, había soñado con la posibilidad de casarse con Nikos. No podía saber que sus sueños se harían realidad, aunque de un modo que no se parecía nada a sus fantasías románticas. Desgraciadamente, era la única forma de que Sally se pudiera quedar embarazada. Y si ese era el precio de su felicidad, lo pagaría gustosa.

—Esta noche tengo una gala benéfica. Necesito hablar con ciertos conocidos del mundo de los negocios —declaró él—. Y quiero que vengas conmigo.

Nikos ya había recuperado la compostura, y volvía a ser el implacable empresario de siempre. No quedaba ni un asomo del pescador de Santorini. Era la viva imagen del éxito profesional, desde su traje y su camisa blanca hasta el reloj de oro que llevaba en la muñeca. Pero, aunque Serena ya había tomado la decisión de quedarse en Grecia y aceptar su oferta de matrimonio, no se pudo resistir a la tentación de ironizar:

—¿Y en calidad de qué quieres que te acompañe? ¿En calidad de prometida, como les dijiste anoche a los periodistas?

Los ojos de Nikos se oscurecieron.

–Naturalmente. Nos vamos a casar, ¿no? Porque, si no quisieras casarte conmigo, no estarías aquí –dijo con arrogancia.

–No estoy aquí porque quiera casarme. Estoy porque quiero ayudar a mi hermana –replicó ella, molesta.

–Sea como sea, nos vamos a casar –insistió él–. Y quiero que lleves un anillo de compromiso tan grande como para que nadie dude de nuestras intenciones.

Ella echó un trago de agua con toda tranquilidad, para parecer inmune a la agresividad de Nikos. Pero su mano tembló un poco, y estuvo a punto de traicionar sus verdaderos sentimientos.

–Sí, supongo que es lo más conveniente. Después de ver la prensa del día, estoy segura de que nos acribillarán a preguntas.

Él se pasó una mano por el pelo.

–Puede que no me creas, pero no pensaba que se fuera a armar tanto revuelo –dijo–. En todo caso, ahora no tenemos más remedio que asumirlo y seguir adelante. Yo quedaría muy mal si rompiéramos nuestro compromiso. La gente dudaría de mi palabra, y sería malo para los negocios.

–Sí, ya me lo imagino.

–¿Estás preparada? ¿O necesitas arreglarte?

–Estoy preparada –contestó ella.

Media hora después, salieron del atasco en el que se habían metido y se detuvieron ante una de las mejores y más caras joyerías de Atenas.

Nikos se comportaba como si estuvieran profundamente enamorados, y Serena pensó que era un gran actor. Incluso le pasó un brazo alrededor de los hombros mientras ella se probaba el anillo de diamantes más grande que había visto en toda su vida.

La dependienta sonrió y dijo algo aparentemente halagador; pero lo dijo en griego, y Serena no lo pudo entender. Además, estaba asombrada con el anillo.

–No, no puedo aceptar un regalo como este –dijo, incómoda–. Es demasiado grande, y demasiado caro.

La sonrisa de la dependienta se esfumó al instante.

–No te preocupes por le precio. Eso no es un problema –replicó Nikos.

Su voz sonó tan profundamente sexy que Serena sintió un escalofrío de placer. Se tuvo que recordar que solo estaba fingiendo y que solo lo decía por quedar bien en público.

–Lo sé, pero es demasiado grande –dijo–. Prefiero ese, el que está en la vitrina. Es más propio de mí.

La dependienta sacó un precioso anillo de esmeraldas. Serena se inclinó para probárselo, pero Nikos se lo arrebató y se lo puso en el dedo con una mirada tan intensa que ella sintió un cosquilleo en el estómago; una mirada que no había visto en sus ojos desde aquella noche en la playa de Santorini, justo antes de que hicieran el amor.

–Sí, es perfecto –dijo él con voz ronca.

Ella se quedó sin habla. Su pulso se había acelerado y casi no podía respirar.

–Serena, ¿quieres casarte conmigo?

Serena tragó saliva, preguntándose qué pensaría Nikos cuando le diera la respuesta que estaba esperando. ¿Creería que estaba fingiendo, como él? ¿O se daría cuenta de que era sincera y de que lo amaba con toda su alma?

–Sí –contestó.

Ya no había vuelta atrás. Se iba a casar con Nikos Lazaro Petrakis. Pero ¿habría aceptado su oferta de matrimonio si la felicidad de su hermana no hubiera dependido de ello? Ni ella misma lo sabía.

Nikos le dio un beso tan dulce como breve, y ella soltó un suspiro sin poder evitarlo. Cualquiera habría dicho que la ternura de su futuro esposo era real. Sostenía su mano con afecto y la miraba con pasión.

Serena tuvo que recordarse que no lo era. Solo estaba interpretando un papel.

Nikos no había estado tan nervioso en toda su vida. Se había dejado llevar por el calor del momento, y ya no se limitaba a fingir. La deseaba de verdad. Y con una fuerza que lo dejó desconcertado.

–Una buena elección –dijo la dependienta–. Las esmeraldas son las piedras preciosas de la diosa Venus. Un símbolo de esperanza.

Serena bajó la mirada y se apartó de Nikos.

–Sí, definitivamente es perfecto para ti –afirmó él.

–La leyenda dice que, si se regalan por amor, unen mucho más a los amantes –continuó la dependienta.

Nikos se preguntó qué efecto tenían cuando no se regalaban por amor, sino por una mezcla de conveniencia y deseo. Y, al ver el leve rubor de Serena, tuvo la sensación de que ella estaba pensando lo mismo.

Lo que sucedió después fue una sorpresa para los dos: Nikos se inclinó y la besó de nuevo, incapaz de refrenarse. La deseaba tanto que dejó de racionalizar la situación e hizo exactamente lo que quería hacer; o, por lo menos, lo que podía hacer en esas circunstancias. Si hubieran estado en otro sitio, la habría tomado entre sus brazos y habría asaltado su boca sin contención alguna. Pero no era el lugar más adecuado.

—Nikos... —susurró ella.

Él sonrió y se giró hacia la dependienta para pagar el anillo, sin soltar la mano de Serena. Podía sentir el calor de su cuerpo, que cada vez lo atraía más. Era como si la pasión de sus primeros días hubiera sobrevivido al tiempo y la distancia para volver con fuerza redoblada. Y, de repente, su compromiso matrimonial le pareció una bendición.

Cuando salieron a la calle, Nikos dijo:

—Bueno, sigamos con las compras.

Ella se detuvo en seco, pero no le soltó la mano.

—No hace falta que compremos nada más. La opinión pública no necesita creer que estamos enamorados —alegó Serena—. Solo necesita creer que nos vamos a casar, y el anillo es prueba suficiente.

Él arqueó una ceja. A decir verdad, no le preocupaba lo que la opinión pública creyera o dejara de creer. No se trataba de eso, sino de su reputación empresarial, que dependía esencialmente del valor de su palabra.

–Oh, vamos. Ya habíamos acordado que el matrimonio es la mejor solución para nuestro problema.

–¿Acordado? –dijo ella en tono desafiante.

Nikos asintió.

–Por supuesto que sí. Has venido a Atenas, ¿no? Y me has dicho que te vas a casar conmigo. E incluso he informado a la prensa de nuestras intenciones.

–Sí, pero...

–Serena, ¿crees que mis socios me tomarían en serio si no me tomara en serio mi propia boda? –la interrumpió–. Esto no tiene nada que ver con la opinión pública. No lo hago para que piensen que estamos enamorados, sino para que la gente vea que cumplo mis promesas y, sobre todo, que me hago responsable del niño que estás esperando.

Ella lo miró con rabia.

–Pero eso no significa que tú y yo hayamos llegado a ningún acuerdo. Esto no ha sido un acuerdo, sino una imposición –replicó.

Nikos suspiró y sacudió la cabeza.

–Venga, ven conmigo. Necesitas un vestido para la gala de esta noche.

–Yo no necesito nada –dijo, alzando la voz un poco.

–Eres mi prometida y tienes que estar deslumbrante.

–¿Deslumbrante? No puedo competir con las modelos que salían contigo. Ningún vestido hace milagros, por muy caro que sea.

Él intentó mantener la calma.

–No espero que compitas con nadie, Serena.

Ella alzó la barbilla, manteniendo su actitud de desafío. Nikos clavó la vista en sus labios y pensó que estaban pidiendo a gritos que los besara, así que los besó.

Serena no tuvo ocasión de resistirse. Se encontró súbitamente entre sus brazos, apretada contra su pecho y atrapada en el hechizo de su boca. Cuando se quiso dar cuenta, su reticencia inicial se había convertido en deseo.

Si hubiera sido por ella, se habrían besado eternamente. Pero Nikos se acordó de que estaban en la calle y rompió el contacto, prometiéndose a sí mismo que continuarían cuando volvieran a su casa, donde podrían dar rienda suelta a su hambre carnal.

–Sígueme –dijo a Serena–. Salvo que prefieras que te bese otra vez.

La amenaza funcionó, y ella lo siguió por la abarrotada calle de Atenas. Minutos después, entraron en una tienda cuyos dependientes se mostraron tan serviciales como la mujer de la joyería. Nikos se dirigió a ellos en griego y, a continuación, se giró hacia Serena, que lo miraba con asombro.

–Tengo que hacer unas llamadas, pero no te preocupes, ya saben lo que quiero.

–¿Lo que quieres tú? –preguntó con irritación.

–Sí, lo que yo quiero –contestó Nikos–. Volveré dentro de una hora.

Él la miró y, antes de marcharse, le dio un beso que la dejó aún más sorprendida.

Serena estaba furiosa. ¿Quién se había creído que era? ¿Y cómo era posible que se hubiera enamorado de aquel hombre? El amor la había cegado de tal manera que Nikos la había engañado por completo, sin que ella sospechara nada.

Sin embargo, su furia desapareció ante la asombrosa maestría de los dependientes, que la llevaron rápidamente a otra sala y empezaron a sacar vestidos. De hecho, sacaron tantos y tan deprisa que casi se mareó. Pero, al cabo de un rato, le mostraron uno tan bonito que no tuvo más remedio que sonreír.

Se lo probó y se miró en el espejo. La verde seda del vestido acariciaba sus curvas de tal manera que ni el más avezado de los observadores se habría dado cuenta de que estaba esperando un hijo. Era sencillamente perfecto, y hasta empezó a creer que podía competir con las modelos que había visto aquella mañana en Internet, cuando se puso a investigar la vida social de su futuro esposo.

Y entonces, se sintió insegura.

¿Qué pensaría Nikos cuando la viera? ¿La encontraría deseable? ¿Sería como el pescador del que se había enamorado? ¿O volvería a ser el empresario implacable que no tenía el menor interés en ella?

Se quitó el vestido y se volvió a poner su ropa. Automáticamente, la glamurosa mujer que había visto en el espejo se transformó en una mujer corriente, en una que jamás se habría atrevido a soñar con la posibilidad de casarse con un millonario.

¿Cómo podía haber sido tan estúpida? Se suponía que su relación solo iba a ser una aventura veraniega. Se suponía que ella se marcharía a Inglaterra y que no volvería nunca. Pero había vuelto. Había vuelto embarazada, y él se había visto obligado a mostrar su verdadera personalidad.

Y ahora, estaba atrapada.

Aquella noche, Nikos la llevaría a su mundo de lujos y riqueza para que, durante un rato, se comportara como una princesa de cuento. Pero, al final de la noche, ella volvería a ser una persona normal.

Capítulo 6

NIKOS se quedó atónito cuando Serena salió de su habitación. Sabía que la estaba mirando como si fuera un adolescente encaprichado de una chica, pero ¿quién no la habría mirado del mismo modo? Era la primera vez que la veía con un vestido de noche, y le pareció absurdo que no se creyera capaz de competir con otras mujeres. No es que pudiera competir con ellas, es que las superaba.

Estaba tan bella que Nikos deseó no haberse comprometido a ir a la gala. Solo quería llevarla a un dormitorio y saciar su deseo.

Serena lo miró con inseguridad, y a él se le encogió el corazón; un corazón que creyó congelado para siempre cuando rompió con ella en Santorini, y que ahora volvía a latir con fuerza. A decir verdad, habría preferido no sentir nada. Habría sido mejor para los dos. Pero no podía dejar de sentir.

–No sabía qué comprar –dijo ella–. Afortunadamente, los dependientes de la boutique me han ayudado mucho, y me han asegurado que este vestido es perfecto para una fiesta. Espero que te parezca bien.

Serena se acercó. Se había puesto unos zapatos de tacón alto, que resonaron en el suelo con el mismo ritmo que el corazón de Nikos.

–Me parece perfecto –replicó él–. Es mucho más de lo que esperaba.

–¿No es un poco excesivo?

Él sacudió la cabeza.

–En absoluto.

–Dime la verdad, Nikos. Va a ser una velada difícil, y no quiero empeorar las cosas con un vestido inadecuado.

Nikos frunció el ceño, sin entender nada. La mayoría de sus conocidas habrían dado cualquier cosa por ir a una fiesta con él y llevar un vestido como ese. Pero, evidentemente, Serena no era como ellas.

–¿Un velada difícil? ¿A qué te refieres?

–A la prensa, claro. ¿Ya no te acuerdas de que todo el país sabe que nos vamos a casar? –preguntó.

–Por supuesto que me acuerdo. Pero no te preocupes por eso. Estaré a tu lado toda la noche –la tranquilizó.

El plan original de Nikos no incluía la posibilidad de estar toda la noche con Serena. Tenía que hablar de negocios con varias personas y atajar los rumores que pudieran haber surgido sobre su relación con ella. Pero había cambiado de opinión. Ahora quería que estuviera a su lado, y no solo porque la deseara, sino porque contribuiría a mejorar su imagen pública. Era un paso adelante en comparación con las frívolas modelos que lo solían acompañar.

–Bueno, ¿estás preparada? –le preguntó.

Ella asintió, nerviosa.

–Sí.

–Entonces, vámonos.

Serena se puso tensa en cuanto entraron en la enorme sala, y Nikos lo notó; como también notó las miradas subrepticias y los cuchicheos de muchos de los presentes, que rozaban la indiscreción. Sin embargo, le pasó un brazo alrededor de la cintura y avanzó con ella entre la multitud. El organizador de la gala había hecho un gran trabajo y había reunido a la flor y nata de la alta sociedad ateniense.

–¡Nikos!

Nikos se detuvo. Era Christos Korosidis, el presidente de una naviera de la competencia. En otras circunstancias, habrían sido enemigos empresariales; pero estando allí, en una fiesta, se podían comportar como si fueran grandes amigos.

–Vaya, veo que los rumores eran ciertos –dijo Christos, admirando descaradamente a Serena–. Nunca pensé que fueras de los que se casan, Nikos.

Nikos no era tonto. Sabía que la súbita aparición de Serena había causado mucho revuelo y que Christos estaba interesado en sus posibles efectos porque también quería comprar la Adonia Cruise Liners. Si encontraba un punto débil en él, presentaría otra oferta y reventaría sus planes. Pero Nikos ya no estaba preocupado por eso. Si se quedaba con Adonia, mejor para él. Ya no le importaba.

En ese momento, solo le importaba su hijo, su heredero. Y no tendría ningún heredero si no conseguía que Serena se quedara con él.

–Las apariencias engañan, Christos –replicó.

Nikos vio a una camarera con una bandeja y alcanzó una copa de champán, que le dio a Serena. Ella frunció el ceño, como queriendo decir que estaba embarazada y que no quería beber alcohol. Y Nikos se maldijo para sus adentros. ¿Cómo podía haber sido tan estúpido? Christos era un hombre inteligente; habría notado la reacción de Serena y habría deducido que estaba esperando un hijo.

Por suerte, Serena aceptó la copa de todas formas y, a continuación, haciendo gala de su astucia, distrajo a Christos con una gran sonrisa y un comentario aparentemente inocente:

–Nikos y yo nos conocimos hace unos meses, en Santorini.

–Y no sabes cuánto me alegro de que hayas vuelto a Grecia –dijo Nikos, que se inclinó y le dio un beso en la frente–. Te he echado mucho de menos.

Serena se puso tensa otra vez e intentó apartarse de él, pero Nikos la mantuvo a su lado, apretada contra su cuerpo.

Momentos después, Christos sonrió a Serena y dijo, antes de marcharse:

–Encantado de conocerte.

Nikos respiró hondo. Estaba bastante alterado, y no precisamente por la corta conversación con su enemigo, sino por el efecto que Serena tenía en él. Ardía en deseos de tomarla, de hacerle el amor.

–Bueno, ha ido bastante bien, ¿no?

La voz de Serena sacó a Nikos de sus pensamientos.

–¿Esa es tu forma de ocultar la verdad? –continuó ella–. ¿De impedir que la gente sepa por qué nos casamos?

–Si quisiera ocultar la verdad, como dices, adoptaría una táctica completamente distinta. Una táctica que enfatizara la irresistible pasión que nos une.

–¿Y en qué consistiría?

–En besarte ahora mismo, delante de todo el mundo.

Ella entreabrió los labios, casi desafiándolo.

–No te atreverías –dijo ella.

Nikos clavó la vista en su boca.

–Estás jugando con fuego, Serena –le advirtió–. ¿Eso es lo que quieres? ¿Que te bese apasionadamente?

–No, en absoluto.

Él rio con suavidad. Le pareció divertido que Serena estuviera jugando con él para forzarlo a montar un numerito en público.

–Sé que no me deseas –siguió ella–. Solo quieres a mi hijo, y lo quieres sin escándalos. Por eso sé que no te atreverías a besarme delante de todo el mundo. O, por lo menos, no de la forma que estás diciendo.

–No deberías desafiarme, Serena.

Nikos se inclinó y la besó, arrancándole un suspiro que él encontró inmensamente satisfactorio. Por mucho que lo negara, por mucho que lo intentara disimular, Serena lo deseaba con todas sus fuerzas. Había levantado un muro a su alrededor y estaba decidida a impedir que lo traspasara. Pero no se saldría con la suya.

Segundos más tarde, se oyó un aplauso. Nikos dejó de besar a Serena y dio un paso atrás. Estaba tan excitado que, durante unos momentos, no supo ni dónde estaban.

Serena respiró hondo, como si acabara de surgir de las profundidades del mar y necesitara una bocanada urgente de aire. Su pulso se había acelerado y el aroma de Nikos se empeñaba en desequilibrar sus ya desequilibradas hormonas. Pero, cuando lo miró de nuevo, él había recuperado la compostura y estaba escuchando al presentador del acto como si no hubiera pasado nada.

Serena echó un vistazo a su alrededor. El mundo de Nikos era radicalmente distinto al que ella conocía: hombres de trajes caros y mujeres tan bellas y distinguidas que parecían salidas de las portadas de las revistas del corazón. Mujeres entre las que seguramente estaría alguna de sus amantes. A fin de cuentas, Nikos era rico y poderoso. Y, por lo que había visto en Internet, estaba más cerca de ser un playboy que de ser un sencillo pescador.

Durante los discursos, Serena se acordó del día en que se conocieron. Ella estaba sentada en la playa, disfrutando del sol de la tarde, cuando lo vio a lo lejos. Le pareció increíblemente atractivo, pero no le dijo nada. Y, al cabo de un rato, se levantó y se fue a dar un paseo por el puerto.

Nikos se le acercó allí. Le contó cosas del mundo de los pescadores y de los restaurantes locales que podían ser útiles para el artículo que iba a escribir. Sin embargo, el artículo ya no le interesaba tanto como el propio Nikos, y cuanto más tiempo estaban juntos más le gustaba. Era el hombre que había estado esperando. El hombre con el que perdería su virginidad. El hombre de su vida.

Nunca habría imaginado que su supuesto pescador de ojos azules y piel morena era un mentiroso inmensamente rico.

–¿Qué haces? ¿Soñar despierta?

Serena se giró hacia él.

–No. Solo me estaba preguntando cómo es posible que salieras de una aldea de pescadores y terminaras en este mundo.

Él se encogió de hombros.

–Es una historia muy larga.

Los ojos de Nikos se oscurecieron, y su expresión se volvió tan sombría que ella estuvo a punto de interesarse al respecto. Pero, antes de que pudiera hablar, él la tomó de la mano y la llevó a la pista de baile.

Mientras bailaban, Serena quiso retomar su conversación y descubrir más cosas sobre el hombre con el que se había comprometido. Sin embargo, el placer de estar entre sus brazos era demasiado grande. Su contacto la excitaba, y bajó la cabeza para que no pudiera ver el rubor de deseo que iluminaba sus mejillas.

Cerró los ojos e intentó resistirse al impulso de besarlo y de emborracharse con sus propias fantasías románticas. Nikos no debía saber que estaba enamorada de él. No se podía permitir ese lujo. Le había mentido y había aprovechado su posición de fuerza para imponerle el matrimonio.

La música cambió y el ritmo se volvió más rápido. Serena se sintió aliviada porque era la excusa perfecta para apartarse un poco. Luego, él la tomó otra vez de la mano y, tras sacarla de la pista de baile, la llevó a una terraza.

Estaban solos. La música y las voces de los invitados flotaban en el cálido aire nocturno, pero estaban completamente solos.

–Nikos...

–¿Sí?

–Necesito que me cuentes tu historia. Nos vamos a casar, y es importante que nos conozcamos. Al menos, si queremos que nuestra relación tenga futuro.

Él sonrió.

–Ah, me alegra saber que quieres que nuestra relación tenga futuro –dijo.

Serena carraspeó, incómoda.

–No se trata de eso. Me disgusta tu actitud y me disgustan todas las circunstancias que me obligan a casarme contigo, pero vamos a tener un hijo, y quiero lo mejor para él.

–Francamente, no creo que casarse por el bien de un hijo sea tan terrible –replicó–. Se me ocurren motivos peores.

Serena no permitió que desviara la conversación. Quería saber más de él, y no permitiría que la enredara con sus tácticas dilatorias.

–¿Cómo has terminado aquí, Nikos?

Serena se preguntó qué pensaría él si le hablaba de su infancia y de su sentimiento de culpabilidad. Habría sido una buena forma de conseguir que le abriera su corazón y le contara algo de su propia vida. Pero no se podía arriesgar a que la rechazara y retirara su oferta de matrimonio. Si no se casaba con él, Sally perdería la posibilidad de ser feliz.

–Está bien, te lo diré –declaró Nikos–. Yo vivía con mis abuelos, de quienes heredé una pequeña flota pesquera. Les debo mucho. Cuidaron de mí cuando mi madre se fue y mi padre se hundió en la depresión. Me dieron cariño y una buena vida... Mucho más de lo que mis padres me habían dado.

Serena empezó a comprender que no hubiera querido ser padre, y su corazón se ablandó un poco. Por lo visto, habían tenido experiencias similares. Habían crecido en hogares de matrimonios fracasados, con padres que no se querían. Y, a diferencia de ella, Nikos había terminado por dudar de la paternidad y hasta del propio amor.

–Pero eso no explica que acabaras aquí, en Atenas –dijo con suavidad.

–No me podía quedar en la isla. Me estaba ahogando, así que me fui. Llegué con los bolsillos prácticamente vacíos y me puse a trabajar para Dimitris, el propietario de la Zanthippe Shipping. Con el tiempo, se convirtió en el padre que mi padre no era.

Serena guardó silencio.

–Me enseñó todo lo que sabía y, como no tenía herederos, me dejó su empresa –continuó, mirándola a los ojos–. Yo la transformé en una de las mayores navieras del mundo, lo cual hizo de mí un hombre relativamente famoso. Cuando te conocí, me alegré mucho de que alguien quisiera estar conmigo por razones que no tenían nada que ver con mi dinero... aunque no estaba del todo seguro.

Ella frunció el ceño.

–¿Creíste que estaba contigo porque sabía que eras rico? –preguntó–. ¿O pensaste quizá que estaba buscando una historia que relanzara mi carrera profesional y me llevara al estrellato del periodismo?

–Las dos cosas.

La sinceridad de Nikos le dolió más que sus mentiras, así que se apartó de la balaustrada de la terraza y se dirigió a la puerta del salón principal. Ahora lo entendía todo. Entendía su desconfianza al saber que se había quedado embarazada. Entendía su advertencia sobre las posibles consecuencias de su relación sexual.

Nikos siempre había desconfiado de ella. Creía que le había tendido una trampa. Creía que lo había seducido y que se había asegurado de que hicieran el amor sin usar ningún método anticonceptivo porque quería quedarse embarazada y echarle el lazo.

Era un descubrimiento demasiado doloroso. Tanto, que decidió irse de allí.

–¡Serena!

Nikos gritó su nombre mientras avanzaban entre la gente, sin preocuparse por las miradas de curiosidad. Y Serena no se detuvo, cruzó la sala con la cabeza bien alta, abrió la puerta principal y salió a la calle.

Sus ojos se llenaron de lágrimas, pero hizo un esfuerzo y mantuvo la compostura. Justo entonces, él la alcanzó y le puso las manos en los hombros.

–No puedes seguir huyendo –dijo él en voz baja.

Nikos la abrazó, y ella pensó que lo hacía para que la gente los viera y llegara a la conclusión de que solo habían tenido una típica riña de enamorados.

–No me encuentro bien. Me quiero ir.

Él no la soltó. Se limitó a bajar la cabeza y clavar en ella sus ojos azules, que la miraban con preocupación.

–Será mejor que olvidemos el pasado –continuó Nikos–. No parece que sea un buen tema de conversación. Por lo menos, esta noche.

A Serena se le hizo un nudo en la garganta. Aparentemente, la preocupación de Nikos era sincera. Y eso bastó para que se volviera a sentir como si estuviera con el hombre del que se había enamorado, un hombre tan guapo como cariñoso.

–Oh, Nikos...

Él la acarició y la besó con ternura, disipando toda la angustia de Serena. Y, al cabo de unos momentos, dijo:

–¿Nos vamos?

–Sí –contestó ella–. Llévame a casa, por favor.

Nikos la volvió a besar, pero, esta vez, con apasionamiento. Y ella se supo completamente perdida.

A pesar de todo lo sucedido, estaba con quien quería estar. Con él.

Capítulo 7

NIKOS se sentó en el asiento trasero del coche, con Serena a su lado. Estaban tan juntos que sentía el contacto de su cuerpo, y tuvo que sacar fuerzas de flaqueza para no tocarla, no porque estuvieran en presencia del conductor, sino porque sabía que, si empezaba a tocarla, ya no se podría detener.

Durante el trayecto, se concentró en las luces de Atenas y de la distante Acrópolis para no pensar en ella. La deseaba con locura. La había deseado desde el primer día, aunque su mente y su corazón se negaran a admitirlo. Y solo quería una cosa: llevarla a la intimidad de su domicilio y hacerle el amor.

Cuando llegaron, descubrieron que los periodistas se habían ido. Nikos se alegró de haberse marchado de la fiesta antes de tiempo, porque sabía que estarían allí. A fin de cuentas, era una ocasión perfecta para hacer fotos de ricos y famosos.

Abrió el portal y la llevó hasta el ascensor. Serena no había dicho ni una palabra desde que se subieron al taxi, pero Nikos sospechaba que guardaba silencio porque, al igual que él, apenas podía controlar el deseo.

Ya en el ascensor, ella se apoyó en la pared del

fondo y clavó la mirada en el suelo, como si tuviera miedo de que el brillo de sus ojos traicionara sus sentimientos.

–Estás preciosa.

Hasta el propio Nikos se sorprendió con el tono ronco y aterciopelado de su voz. Serena alzó la cabeza sin poder evitarlo. Sus pupilas se habían dilatado, y a él le pareció la mujer más sexy de la Tierra.

–Gracias –dijo, casi en un susurro.

Las puertas se abrieron al llegar a su destino, pero Nikos no se pudo mover. Estaba como hechizado con ella. Y entonces, Serena dio un paso adelante.

–Es como aquella noche en la playa –dijo–. Tampoco me podía resistir.

–Sí, es como aquella noche –replicó Nikos–. Estaba loco por tocarte.

Serena se pegó a él, casi pidiéndole que la abrazara. Pero Nikos se contuvo, aterrado ante la posibilidad de perder el control y tomarla allí mismo.

–Era nuestra última noche –declaró ella, frunciendo ligeramente el ceño–. No debí marcharme como me fui. Tendría que haberme despedido.

Serena pasó ante él y salió del ascensor. Nikos la siguió y dijo:

–Te deseo.

Ni siquiera supo por qué había dicho eso. Solo supo que, si volvía a abrir la boca, diría algo de lo que se arrepentiría después, algo que ella podría utilizar en su contra. Y tenía que andarse con cuidado, porque Serena no estaba allí por amor, sino porque quería dinero para ayudar a su hermana.

–Yo también te deseo, Nikos.

Él apretó los dientes y se maldijo para sus adentros.

Serena merecía estar con alguien mejor que él, alguien que la amara y que se pareciera más al hombre de sus fantasías románticas. Pero el destino los había unido, y Nikos no estaba seguro de poder ser ese hombre.

Solo sabía que la deseaba.

Cuando llegaron al piso, estaban tan excitados por la espera que no perdieron ni un segundo. Nikos cerró la puerta, la apretó contra la pared del vestíbulo y, tras bajar la cabeza, tomó su boca con un largo y exigente beso mientras ella se arqueaba contra él y le pasaba los brazos alrededor del cuello.

Serena se entregó sin inhibición alguna. A fin de cuentas, lo había estado deseando desde que se vieron por última vez en Santorini. Y a pesar de sus mentiras, a pesar incluso del matrimonio que la había obligado a aceptar, quería hacer el amor con él.

—Oh, Serena —dijo Nikos, acariciándole pelo—. No importan los motivos por los que nos vayamos a casar. Si nos deseamos así, todo saldrá bien.

Ella suspiró.

—Sí... todo saldrá bien.

Nikos la volvió a besar y, esta vez, con una ternura tan increíblemente intensa que estuvo a punto de arrancarle un grito. Después, abandonó sus labios y descendió hasta su cuello, que ella ladeó para facilitarle las cosas. Serena sabía que aquello no era amor, sino simple y puro deseo sexual. Pero era maravilloso, y tan absolutamente arrebatador que se sintió amada en todos los sentidos.

–Quiero que vengas a mi cama, Serena. Quiero que seas mía.

Serena no se resistió. Lo quería tanto como él.

–Pues llévame a tu cama –dijo.

Nikos la tomó de la mano y la llevó a la única habitación que Serena no había visto hasta entonces: su dormitorio. Era un espacio grande y masculino, dominado por una cama enorme y bañado por la tenue luz dorada de las farolas de la calle.

Serena llevó las manos al cuello de su camisa, le quitó la corbata y la dejó caer al suelo, como hizo segundos después con su chaqueta. Luego, miró su blanca camisa, que contrastaba vivamente con el tono moreno de su piel, y se la empezó a desabrochar.

Recordaba su cuerpo como si lo hubiera visto el día anterior. Recordaba la firmeza de sus músculos y el vello de su pecho. Pero, cuando por fin accedió a su piel, se sintió como si fuera la primera vez que lo tocaba.

–Te necesito –le dijo, sin atreverse a mirarlo a los ojos.

Serena acarició su pecho. Nikos gimió y forcejó brevemente con la cremallera de su vestido, que por fin cedió.

–Quiero verte –declaró él, hambriento–. Quiero verte desnuda.

Él le bajó la cremallera y le quitó la sedosa prenda de color verde pálido, dejándola sin más indumentaria que las braguitas y los zapatos de tacón alto.

Serena se sintió insegura, y estuvo a punto de taparse los senos con las manos. No era la primera vez que estaba desnuda ante él, pero nunca se había sentido tan expuesta. La mujer que había perdido la virginidad en Santorini era tan inocente que apartaba la mirada cuando se quitaba la ropa, incapaz de soportar el escrutinio de aquellos ojos azules. Pero ya no era la misma mujer. Había madurado.

Nikos dijo algo en griego, de carácter evidentemente sensual. Y, antes de que Serena se pudiera interesar al respecto, le acarició los brazos, las manos y los dedos, que besó uno a uno, con gran ternura.

–Eres una diosa –dijo.

Nikos le dio un beso en el hombro. Serena estaba muy excitada, y sus hinchados senos anhelaban el contacto de sus manos y su boca. Pero él no se dio por enterado, y le siguió besando el hombro, en un juego de tortura placentera, hasta que empezó a bajar lentamente, sin prisas.

–Eres una diosa, sí. Y eres mía.

La tortura no estaba cerca de terminar. Cuando llegó a su pecho, Nikos pasó entre los senos de Serena sin prestarles atención, y la siguió besando hasta llegar a su estómago, donde se detuvo unos instantes.

Ella le puso las manos en la cabeza y acarició su pelo mientras cerraba los ojos. Su excitación había llegado a tal punto que casi no se tenía en pie.

–Nikos... –susurró.

–Tienes un cuerpo precioso.

Nikos cerró los dedos sobre sus nalgas y descendió un poco más. El calor de su aliento traspasaba la fina tela de las braguitas, dejando muy poco a la imaginación. Y Serena ya se creía a punto de derrumbarse en la cama, incapaz de seguir en posición vertical, cuando él se apartó de su entrepierna y continuó su viaje descendente, acariciándole los muslos y, a continuación, las pantorrillas.

—Voy a saborearlo todo —dijo—. Todo tu cuerpo, centímetro a centímetro.

Nikos alzó la mirada y, al ver el intenso rubor de Serena, tuvo que hacer un esfuerzo sobrehumano para mantener el control de sus emociones. Quería tumbarla en la cama y tomarla salvajemente hasta saciar el hambre que ella misma provocaba, pero respiró hondo y se lo tomó con calma.

Esta vez, iría poco a poco. Esta vez no era como las demás.

Y no sabía por qué. Solo sabía que estaba con su futura esposa, con la madre de su hijo, con la mujer que había despertado algo en su interior; algo increíblemente profundo, aunque no quisiera analizarlo ni, mucho menos, reconocerlo: una fuerza capaz de derrumbar todos sus muros.

Se incorporó, la miró a los ojos y preguntó:

—¿Esto es lo que quieres?

Ella parpadeó, y a Nikos se le encogió el corazón.

—Sí —contestó en voz baja, antes de subir la cabeza y darle un dulce beso en los labios—. Te deseo, Nikos.

Él se apretó contra su cuerpo, deseando estar completamente desnudo para sentirla mejor. Luego, le puso las manos en las mejillas y la besó con pasión desenfrenada. Los pezones de Serena se habían endurecido y le acariciaban el pecho cada vez que se movía, instándolo a dejarse llevar.

Su paciencia se resquebrajó. Había llegado al límite, y ya no se contentaba con besos y caricias. Necesitaba más, mucho más.

La levantó en vilo, la tomó en brazos y recorrió los pocos pasos que los separaban de la cama. Después, la tumbó con suavidad y le quitó las braguitas sin apartar la mirada de la cara de Serena, que sonreía de un modo intensamente seductor bajo la luz dorada de las farolas de la calle.

—Solo falta una cosa —dijo.

Nikos llevó las manos a sus pies y le quitó los zapatos, que dejó en el suelo. A continuación, se puso de rodillas en la cama, se inclinó hacia delante y besó otra vez su boca. Ardía en deseos de tocarla, pero no podía porque estaba apoyado en los brazos, sin establecer contacto directo con su cuerpo. A fin de cuentas, Serena estaba embarazada. Y él tenía miedo de tumbarse y hacerle daño.

—¿Cómo es posible que te dejara ir? —preguntó él.

Serena le besó el cuello y le acarició el pecho. Nikos gimió de placer, y ella se sintió tan poderosa que se atrevió a ir más lejos. Primero, pasó las manos por su estómago, después, le desabrochó los pantalones y, acto seguido, lo empezó a acariciar entre las piernas.

—¿Te gusta? —dijo ella.

—Oh, sí.

Nikos volvió a asaltar su boca, consciente de que, si seguía hablando, diría algo que no quería decir.

Algo que estaba lejos de haber asumido y que, en todo caso, no quería analizar en ese momento.

Serena no sabía qué pensar. Nikos se arrepentía de haber permitido que se fuera. Se lo acababa de decir, aunque no lo hubiera expresado con esas mismas palabras. Pero ¿qué significaba eso? ¿Que ella le importaba de verdad?

No lo sabía, pero era evidente que la deseaba. Tan evidente como que ella lo deseaba a él, su inocencia y su candor se habían esfumado por completo en cuanto entraron en el piso. Ya no tenía dudas. Solo quería que Nikos fuera suyo.

Si hubiera podido, le habría prometido que nunca se volvería a ir, que había vuelto para quedarse y que no la volvería a perder. Pero no podía. Nikos no estaba enamorado de ella. Solo estaban juntos porque iban a tener un hijo.

—Si me sigues tocando así, voy a perder el control —le advirtió él.

—Pues piérdelo.

Nikos se incorporó rápidamente, se liberó del resto de su ropa y la lanzó lejos. Serena devoró su magnífico cuerpo con la mirada, deseosa de acariciarlo y, sobre todo, de que entrara en ella de una vez por todas.

—No quiero más juegos —se atrevió a decir.

Él sonrió y se tumbó a su lado.

—No. No habrá más juegos.

Nikos le acarició la parte baja del estómago,

arrancándole un gemido ahogado. Serena se arqueó, y él introdujo una mano entre sus muslos y la masturbó con dulzura. Pero seguía sin ser suficiente, así que inclinó la cabeza y le succionó un pezón.

—No, Nikos, no sigas... –dijo ella, desesperada.

—Oh, sí.

Él insistió en sus atenciones, implacable. Y Serena ya estaba al borde del orgasmo cuando Nikos se detuvo, le separó las piernas y la penetró con sumo cuidado.

Ella tuvo la sensación de que se estaba refrenando porque tenía miedo de hacer daño al bebé. Pero no quería su contención, sino su pasión, así que cerró las piernas alrededor de su cintura y lo obligó a entrar hasta el fondo mientras lo besaba.

Nikos se empezó a mover, y ella se movió con él. Habían hecho el amor muchas veces, pero aquella fue especial, más intensa e íntima que nunca, como si estuvieran más unidos y arriesgaran más que en Santorini. A Serena le habría gustado que durara eternamente, y hasta se dejó llevar por sus viejas fantasías románticas cuando Nikos le dedicó unas palabras en griego que ella no pudo entender.

¿Qué le habría dicho? Quizá fuera mejor que no lo supiera. Así, al menos, podía creer que había sido una declaración de amor.

Cuando llegaron al orgasmo, él apoyó la cabeza en su hombro y dijo:

—No, no te volveré a perder.

Su voz sonó ronca y débil, pero con un fondo de agresividad que no le pasó desapercibido a Serena. El cuento de hadas había terminado. Nikos le estaba recordando que había ganado la batalla y que el poder era suyo.

Ella cerró los ojos, estremecida. ¿Sería posible que la odiara incluso después de hacer el amor? Ya no sabía si había hecho bien al volver a Santorini y aceptar su oferta de matrimonio, por muy conveniente que fuera para su hermana.

Capítulo 8

L A LUZ del sol bañaba el dormitorio cuando Nikos se despertó a la mañana siguiente y miró a su alrededor, sorprendido. Nunca se levantaba tan tarde. Pero no tenía nada de particular, teniendo en cuenta que habían hecho el amor durante toda la noche, hasta quedar completamente agotados.

–Buenos días.

La suave voz de Serena derivó la mirada de Nikos hacia su cuerpo desnudo. Y se volvió a excitar.

Era la primera vez que se despertaba con una mujer a su lado y, por si eso fuera poco, en su propia habitación. Siempre dormía en las casas de sus amantes, y siempre se iba antes del alba, para evitar conversaciones comprometidas. Irse era un mensaje más claro y menos engorroso que hablar, equivalía a decir que no estaba buscando una relación seria.

Pero, en ese caso, ¿por qué la había llevado a su piso en lugar de llevarla a un hotel, como ella misma le había pedido? ¿Porque se iban casar? ¿Porque quería estar cerca de la mujer que le iba a dar un hijo?

Fuera como fuera, apartó esa duda de sus pensamientos y se maldijo a sí mismo. ¿Qué le estaba pasando? También era la primera vez que daba tantas vueltas a una simple noche de placer sexual.

–¿Cómo estás? ¿Te sientes con fuerzas para dar un paseo? –preguntó él, apartándose de su cuerpo para no caer en la tentación.

–Supongo que sí...

Nikos asintió, se levantó y entró desnudo en el cuarto de baño, donde se lavó la cara para enfriar un poco sus pasiones. Pero no tuvo ningún efecto. Su cuerpo deseaba volver con Serena, de modo que se metió en la ducha y se sometió a un chorro de agua helada mientras su mente se empeñaba en recordarle las tórridas imágenes de la noche anterior.

Serena había conseguido que deseara cosas que no podía tener, cosas que estaban mucho más allá del deseo sexual. Cada vez que se acostaba con ella, quería llegar más lejos. Había sido así desde el principio, y empezaba a ser peligroso. Si se dejaba dominar por los sentimientos, se condenaría a un desastre seguro.

Salió de la ducha, se secó, se puso la toalla alrededor de la cintura y volvió al dormitorio. Serena estaba asombrosamente bella con el pelo revuelto.

–¿Hoy no vas a trabajar? –le preguntó.

–No.

–¿Y qué pasa con el negocio del que me hablaste? Tenía entendido que estabas a punto de cerrarlo.

Serena se había tapado con la sábana, pero cambió de posición y dejó al desnudo una de sus piernas, que Nikos admiró.

–Es sábado y nos tienen que ver juntos.

Nikos supo que el comentario de Serena iba con

segundas. En realidad, no estaba pensando en el acuerdo de la Adonia Cruise Liners, sino en su antigua relación. Todas las noches, se iban a su hotel y hacían el amor; pero, poco antes del alba, él se levantaba y se iba con la excusa de que tenía que salir a pescar.

—Como quieras —declaró ella.

—¿Te apetece ir a algún sitio en particular?

—Ya que lo preguntas, me gustaría ir a la Acrópolis.

Serena lo dijo con verdadero entusiasmo, como si le hiciera muchísima ilusión. Nikos pensó que no la había visto tan contenta desde sus días en la isla de Santorini, y hasta albergó la esperanza de que su matrimonio fuera feliz. Al fin y al cabo, solo había una cosa que lo pudiera estropear: que ella quisiera su amor.

—Muy bien, iremos a la Acrópolis. Pero será mejor que te vistas antes de que salgamos —dijo con humor.

Nikos le dio la espalda y se quitó la toalla. Serena suspiró al ver su cuerpo desnudo, y él sonrió con satisfacción. Era obvio que lo deseaba. Y, si no se andaba con cuidado, terminaría en la cama con ella y no saldrían del piso en todo el día, así que abrió el armario, eligió la ropa y se empezó a vestir.

Serena se sentía mejor que nunca. El sol brillaba y la Acrópolis la embriagaba con toda su belleza. Sin embargo, su felicidad no se debía al paisaje, sino al hombre que caminaba junto a ella. La noche anterior había sido verdaderamente sublime, tan intensa y apasionada como la primera vez que hicieron el amor. El deseo no se había apagado con el tiempo, había crecido, e insistía en unirlos con sus lazos.

Pero ¿era suficiente?

Los turistas hacían fotos a su alrededor, y los niños corrían encantados entre las piedras. Serena miró a los pequeños y pensó que casarse con Nikos era lo mejor que podía hacer. Al menos, se aseguraría de que Sally tuviera la misma oportunidad que la suerte le había concedido a ella, la oportunidad de ser madre.

–Estamos haciendo lo correcto, ¿verdad? –dijo a Nikos.

Él la tomó de la mano y siguió andando.

–Por supuesto que sí –contestó.

Justo entonces, un grupo de turistas pasó a su lado. Serena esperó a que se alejaran y comentó, de repente:

–Me extraña que un hombre como tú no se haya casado todavía.

Él arqueó una ceja.

–¿Un hombre como yo?

–Sí, como tú. Lo tienes todo, Nikos. Estoy segura de que un sinfín de mujeres se habrán arrojado a tus brazos con la esperanza de que te casaras con ellas –contestó–. ¿Por qué me has elegido a mí? ¿Por qué ahora?

Nikos se dio cuenta de que uno de los turistas los estaba mirando, así que la tomó del brazo y la llevó a un aparte, lejos de los curiosos.

–¿Necesitas que conteste a esa pregunta? –dijo.

–Sí.

Serena fue sincera. Obviamente, ya conocía los motivos de Nikos. Pero necesitaba saber si había algo más, si existía alguna posibilidad de que se enamorara de ella, por remota que fuese. Necesitaba saber si sentía algún tipo de afecto, más allá del deseo sexual. Entre otras cosas, porque su matrimonio se podía convertir en una trampa para los dos si Nikos se enamoraba más tarde de otra mujer.

–Yo creía que era evidente –declaró él–. Te he elegido porque te has quedado embarazada de mí, porque me vas a dar un heredero.

–¿Solo por eso?

–¿No te parece suficiente?

Nikos se alejó de ella, se detuvo y miró el monte Licabeto y la basílica de San Jorge, que se alzaba contra el cielo azul. Serena se acercó, rompiendo el silencio con sus pisadas, que resonaban en la arena del camino.

–¿Te parece bien que nos casemos solo por el bebé?

–Claro que sí.

–¿Y qué pasa con sus sentimientos? ¿No tienes miedo de que se sienta culpable cuando crezca? –preguntó.

–¿Culpable? ¿De qué? –dijo, extrañado.

–De que estemos juntos por su culpa.

Serena sabía que Nikos lo habría entendido mejor si le hubiera hablado de su infancia y le hubiera dicho que sus padres habían seguido juntos por la misma razón, porque creían que era lo mejor para ella. Pero no se atrevió a contárselo. No era capaz de admitir en voz alta que el matrimonio de sus progenitores había sido un desastre.

–¿Y qué quieres que haga? ¿Qué esperas? ¿Una declaración de amor? –preguntó él, tenso–. Te recuerdo que has aceptado los términos de mi oferta. Este matrimonio es tan importante para ti como para mí.

Serena lo maldijo para sus adentros, aunque Nikos se había limitado a decir la verdad. Se iba a casar con él porque quería ayudar a su hermana. Y ni siquiera la había llamado para darle la buena noticia. Pero ¿cómo se la iba a dar? Evidentemente, Sally querría saber qué había pasado y, cuando le dijera que se iba a casar con un hombre rico, no tendría más opción que guardar su embarazo en secreto.

No era algo que le pudiera decir por teléfono. Se lo tenía que decir en persona.

–No nos podemos casar sin más base que el deseo –replicó ella–. ¿Qué pasará cuando ya no nos deseemos?

Él la miró y sacudió la cabeza.

–Serena, te aseguro que el deseo no es lo único que se acaba. El amor también tiene fecha de caducidad.

La expresión de Nikos se volvió tan sombría que Serena se dio cuenta de que estaba hablando de su propia experiencia personal. No era un simple comentario más o menos solemne, sino algo que había sufrido en carne propia.

–¿Qué te ha pasado, Nikos?

Él no dijo nada. Se la quedó mirando en silencio, inmóvil como una estatua. Y Serena supo que se había abierto una grieta en su muro defensivo.

Pero la grieta se cerró rápidamente.

–Busca en Internet –contestó–. Seguro que encuentras algo.

El tono seco de Nikos le recordó al que había utilizado el día anterior cuando, al volver de la oficina, la vio en la terraza con el ordenador portátil. Ella no estaba buscando nada en Internet, pero él reaccionó como si pensara que lo estaba investigando. ¿Qué habría en su pasado para que le disgustara tanto? ¿Qué intentaba ocultar?

Fuera lo que fuese, prefería oírlo de su boca. Así que lo miró a los ojos y dijo con determinación:

–No. Quiero que me lo digas tú.

Nikos suspiró.

–Muy bien, te lo diré... Yo llevaba dos años en Atenas, y todo iba viento en popa. Trabajaba a destajo en la Xanthippe Shipping, y ganaba más dinero del que podía desear. Pero entonces, mi madre me escribió.

Ella frunció el ceño.

–No lo entiendo –dijo.

–¿Ah, no? –preguntó él con brusquedad.

Serena sacudió la cabeza.

–No, claro que no lo entiendes –prosiguió Nikos–. Tuviste el hogar feliz que todos los niños merecen.

Serena pensó que no podía estar más equivocado, y volvió a sentir el deseo de sincerarse con él. Pero ¿de qué habría servido? Habría pensado que lo estaba engañando. Creía que había vuelto a Grecia porque era una especie de cazafortunas, y ella misma había confirmado sus sospechas al aceptar el matrimonio a cambio del dinero necesario para el tratamiento de Sally.

–No sabes nada de mí, Nikos –replicó–. Pero no cambies de conversación. ¿Qué te pasó con tu madre?

Nikos apretó los dientes.

–¿Que qué me pasó? Mi querida madre me abandonó cuando yo era un niño. Encontró a un hombre más rico que mi padre y se marchó con él, despreocupándose completamente de mí –dijo con amargura–. Supongo que no habría importado tanto si mi padre hubiera estado a la altura de las circunstancias, pero no lo estuvo. Se hundió en la depresión y en el alcohol. Se olvidó de que tenía un hijo.

Serena no dijo nada. Las piezas de la personalidad de Nikos empezaban a encajar. Y, cuantas más piezas encajaba, más comprendía su escepticismo ante el amor, la paternidad y el matrimonio.

Nikos se quedó mirando la basílica de San Jorge, cuyas paredes blancas brillaban bajo la luz del sol. Se suponía que iba a ser un día de diversión, de pasear con ella y de enseñarle lugares como la Acrópolis, que formaban parte de su propia vida. Pero, en lugar de eso, se estaba convirtiendo en una dolorosa rememoración de su pasado.

Justo entonces, sintió el calor de Serena y se acordó de su apasionada noche. Esa pasión iba a ser la base del matrimonio que ella había aceptado y, desde su punto de vista, no tenía derecho a pedirle nada más. El amor no había estado presente durante su aventura veraniega, y tampoco lo estaría cuando se casaran. Serena lo sabía de sobra. Él solo le podía dar una cosa: su deseo. Y eso no iba a cambiar.

–Mi madre se fue sin mirar atrás –continuó Nikos–. Se fue y me dejó solo... ¿Comprendes ahora mi punto de vista? Es mejor que nos casemos por simple conveniencia, por el bien de nuestro hijo. Las emociones son cosas demasiado complicadas.

Nikos ya había llegado a la conclusión de que Serena no había vuelto a Grecia porque quisiera su dinero. No era como su madre, siempre dispuesta a correr detrás de una fortuna. Pero eso no significaba que su opinión sobre el amor hubiera cambiado. No volvería a ser una de sus víctimas. No permitiría que su propio corazón lo traicionara y le hiciera pasar otra vez por el infierno que había vivido de niño.

Aún lo estaba pensando cuando Serena se acercó, le dedicó una sonrisa y, tras ofrecerle la mano, preguntó:

–¿Hay más cosas que ver?

Nikos aceptó su mano, agradecido. No quería seguir hablando de su madre. No quería seguir pensando en el amor.

–Por supuesto –dijo.

Sus pasos los llevaron al Partenón, y él se alegró enormemente al ver la expresión de asombro de Serena. En determinado momento, ella acarició una de las columnas, y la imaginación de Nikos retrocedió a sus días en la isla de Santorini.

Durante dos semanas, se había limitado a disfrutar del presente y olvidarse de todo lo demás. Ella era lo único que importaba. Ella y sus sonrisas, sus besos, sus caricias inocentes y no tan inocentes. Pero esa época había pasado, y ya no podía volver. Se había ido y le había dejado un recuerdo muy particular: un hijo.

Iba a ser padre.

Y estaba muerto de miedo.

Serena no tenía buen aspecto. Aún sonreía y aún lo interrogaba sobre los edificios de la Acrópolis, pero parecía agotada. Y Nikos se empezó a preocupar. Por ella y por el niño que llevaba en su vientre.

—Será mejor que nos marchemos —dijo.

Nikos miró la hora y se llevó una sorpresa. El tiempo se había pasado volando, y solo faltaba una hora para la cita médica que había concertado.

—Sí, definitivamente es mejor que nos marchemos —continuó—. He quedado con el médico en casa, y no quiero que tenga que esperar.

Ella parpadeó, confusa.

—¿Con un médico? ¿En sábado?

—Sí, en sábado —contestó él, como si fuera lo más natural.

—No necesito ir al médico. No me pasa nada.

—Puede que no lo necesites, pero iremos de todas formas. Ya he pedido la cita.

Nikos la tomó de la mano y la llevó entre los grupos de turistas.

—¿Aún crees que el niño puede ser de otro hombre?

Él giró la cabeza y la miró. Serena iba con la vista clavada en el suelo, como si estuviera concentrada en sus propios pasos.

–No se trata de eso. En solo cuarenta y ocho horas, has cruzado toda Europa, viajado a Santorini y volado a Atenas. No creo que sea lo más conveniente para una mujer en tu estado, y, mucho menos, teniendo en cuenta que te sentías mal durante las primeras semanas del embarazo, como tú misma me dijiste –respondió–. Es importante que te vea un médico. No quiero que a mi hijo le pase nada.

Ella se detuvo y lo miró con una mezcla de hostilidad e incredulidad, pero guardó silencio. Y luego, de repente, se puso a andar con paso largo y brusco, dejando constancia física de su irritación.

Serena respondió a todas las preguntas del médico, incómodamente consciente de la presencia de Nikos. Era obvio que desconfiaba de ella. Pero ¿por qué? ¿Porque seguía sin estar seguro de que el niño fuera suyo? ¿O porque estaba sinceramente preocupado?

En ese momento, Serena habría apostado cualquier cosa a que quería salir de dudas sobre la paternidad del bebé. Había llamado a un médico que, por lo visto hasta entonces, solo hablaba en griego, así que dirigía sus explicaciones a Nikos como si ella no estuviera presente. Era una dolorosa metáfora de su situación: el niño era suyo, pero la trataba como si fuera un simple instrumento, una especie de incubadora.

–¿Qué está diciendo? –preguntó, molesta.

–Que tienes que descansar y tomarte las cosas con calma –dijo Nikos.

–Sí, con calma –dijo el médico, haciendo un esfuerzo por hablar en su idioma–. Las náuseas pasarán pronto y se sentirá mejor.

Serena sonrió, aunque dudaba que se pudiera sentir mejor estando con un hombre que no la quería.

–Gracias, doctor. Sentimos haberle causado tantas molestias. Es sábado, y supongo que no suele hacer visitas los sábados...

–Oh, no se preocupe por eso. Nikos fue como un hijo para mi primo. Es como si fuera de mi familia.

Serena se despidió del médico, que estrechó la mano de Nikos y se fue. En cuanto se quedaron a solas, preguntó:

–¿Quién es su primo?

–El hombre para el que estuve trabajando cuando llegué a Atenas. El hombre que me enseñó todo lo que sé. El hombre que me quiso más que mi propio padre.

Ella asintió.

–¿Y qué pasó con tu padre de verdad? ¿Lo ves a menudo?

Nikos sacudió la cabeza.

–Falleció cuando yo era un adolescente, aunque llevábamos años sin hablar. No llegó a superar lo de mi madre. Lo destrozó por completo, y yo me fui a vivir con mis abuelos.

A Serena se le encogió el corazón. Ella también había tenido una infancia difícil, pero, por muy mal que se llevaran sus padres, siempre habían estado a su lado.

–¿Y tu abuela? ¿La sigues viendo?

–Sí, por supuesto. Me dio todo su amor cuando

me fui a vivir a su casa, y yo se lo devolví con creces tras la muerte de mi abuelo. De hecho, solo me quedé con su flota pesquera porque sabía que le hacía ilusión.

–Ah, por eso estabas ayudando a los pescadores cuando nos conocimos...

–En efecto –dijo él.

–¿Y qué pensará tu abuela cuando sepa que nos vamos a casar?

Nikos se sentó con ella en un sillón.

–Mi abuela es una mujer muy sabia. Lo entenderá perfectamente. Y, al igual que el médico, te recomendaría que descanses y que te tomes las cosas con calma.

Serena se llevó una mano al estómago y lo miró. Los ojos de Nikos ardían con deseo, y ella se sorprendió deseando que llegara la noche. ¿La volvería a llevar a su cama? ¿Volverían a hacer el amor?

–¿Sabe lo del bebé?

–No, no lo sabe.

–¿Por qué no se lo has dicho? ¿Porque tenías dudas de que fuera tuyo?

Nikos volvió a sacudir la cabeza.

–Nunca he dudado de que el niño sea mío, Serena. Mis dudas no tienen nada que ver con eso –contestó.

–Entonces, ¿a qué se deben?

–A tu irresponsabilidad. No deberías haber venido a Grecia por tu cuenta y sin ayuda de nadie. Estás embarazada. Tienes que cuidarte un poco –declaró–. Además, te dije que me llamaras si lo nuestro tenía consecuencias. Habría ido a buscarte a Londres.

–¿Y cómo querías que lo supiera? Yo no sabía que fueras rico. Pensaba que eras un simple pescador, y los pescadores no suelen tener los medios necesarios para viajar a Londres en un avión privado.

Él se inclinó y le dio un beso en los labios.

–No importa lo que yo sea, y tampoco importa lo que creíste que era. Guardé en secreto mi verdadera identidad porque tenía miedo de estropear lo que había surgido entre nosotros –dijo–. Era muy especial.

Serena le puso una mano en la mejilla. Sabía que Nikos era sincero, pero eso no cambiaba las cosas. El verano había terminado, y se habían quedado a solas con la cruda realidad.

–Tendrías que habérmelo dicho –insistió.

Nikos no respondió con palabras, sino con hechos. La tomó entre sus brazos y la besó, hundiéndolos a ambos en una corriente de deseo que los llevaría inevitablemente a otra noche de pasión.

Serena se dejó llevar, y cruzó los dedos para que el amor que sentía, un amor no requerido, fuera suficiente para alimentar su matrimonio.

Capítulo 9

NIKOS estaba sorprendido con Serena.
Vivir con ella era mucho más fácil de lo que
había imaginado. Cada mañana, le daba un
beso de despedida, se apartaba de su cálido cuerpo y
se iba a trabajar. Y cada mañana, Serena se levantaba
más radiante y alegre que el día anterior, lo cual tenía
un efecto más que positivo en el deseo y el ánimo de
Nikos.

Solo llevaban una semana juntos, y ya se sentía
como si tuvieran una relación de verdad, es decir, lo
que había estado evitando durante toda su vida. Sin
embargo, el apasionado *affaire* de Santorini y el embarazo de Serena lo habían cambiado todo, y lo habían obligado a afrontar su miedo al amor y al fracaso.

Las cosas no podían ir mejor. En lo personal, Serena había seguido los consejos del médico y estaba
descansando lo que debía; y en lo profesional, había
cerrado el trato con la Adonia Cruise Liners y se
había convertido en el dueño de la mayor naviera de
Grecia, con una sección de cruceros y otra de trans-
porte de mercancías.

Había alcanzado casi todos sus objetivos inmedia-
tos. Solo faltaba el último, que también era el más
importante: casarse con Serena.

Pero, antes de casarse, tenía que ir a Santorini a informar a su abuela. Lo había estado retrasando por falta de tiempo, y le preocupaba la posibilidad de que se enterara por terceras personas.

Afortunadamente, era un problema que también estaba a punto de dejar de serlo. Aquella mañana había llamado al aeropuerto y había pedido a su piloto que preparara el avión. Y ahora estaban sobrevolando un océano salpicado de islas.

Nikos se giró hacia Serena, que abrió los ojos en ese momento. Se había quedado dormida en cuanto subieron al aparato, y estaba tan encantadora que sintió el deseo de acercarse a ella y besarla. Pero no se podía mostrar excesivamente cariñoso en presencia de los tripulantes, así que decidió esperar a que llegaran a su villa. Además, ya no faltaba mucho. Iban a aterrizar en pocos minutos.

–Llegaremos enseguida –dijo él.

Nikos dejó a un lado los documentos que tenía en la mano, aunque no les había prestado ninguna atención. En lugar de leerlos, se había dedicado a admirar a Serena, que llevaba puesto el anillo de compromiso.

¿Cómo era posible que llevaran una semana juntos y se sintiera tan bien? Tenía que hacer verdaderos esfuerzos para separarse de ella por las mañanas. Y era la primera vez que le ocurría, incluso contando su aventura en Santorini, porque hacían el amor en el hotel de Serena y se marchaba sistemáticamente antes del amanecer.

Era evidente que algo había cambiado. Pero ¿qué? En el fondo de su corazón, sabía que su interés por ella iba más allá del hijo que estaba esperando. Pero no se atrevía a analizar sus sentimientos; en parte, porque sospechaba que, si los analizaba demasiado, lo destruiría todo y se volvería a sentir incapaz de dar y de recibir amor.

Justo entonces, se le ocurrió la posibilidad de que Serena hubiera sido sincera desde el principio. Quizá le había dicho la verdad. Quizá había vuelto sin más intención que la de informarle sobre su embarazo. A fin de cuentas, él mismo le había pedido que le informara si su aventura tenía consecuencias imprevistas.

Lamentablemente, Nikos no lo podía creer. Le parecía demasiado bueno para ser cierto. Era mucho más probable que hubiera vuelto a Santorini porque sabía que era un hombre rico y que le podía dar dinero para su hermana.

–¿Nikos?

La voz de Serena lo sacó de sus sombríos pensamientos.

–¿Te pasa algo? Estás muy serio.

Él sonrió.

–No, no. Es que estaba pensando en mi abuela. Espero que no se haya enterado por otras personas.

–¿Lo crees posible?

Nikos frunció el ceño al acordarse de las portadas de los periódicos. A decir verdad, le habría extrañado que su abuela no los hubiera leído. Pero ¿qué habría pensado al saber que se iba a casar con una inglesa? Sobre todo, después de lo que había hecho su madre.

–Me temo que sí. Vive en un pueblo pequeño, pero se mantiene bien informada.

Nikos quería que Serena estuviera preparada para

lo que pudiera ocurrir. A su abuela no le gustaba que la dejaran al margen de los asuntos de la familia. Era una mujer tan inteligente como astuta, y terriblemente obstinada. Se había negado una y otra vez a dejar su casita y mudarse a la villa que él le había regalado, una villa que había estado vacía hasta que Nikos decidió usarla durante sus estancias en Santorini.

Además, estaba seguro de que ya se habría enterado de que se dirigían a la isla. Las noticias viajaban muy deprisa en su familia. Y si se había enterado de eso, también se habría enterado de que se iban a casar.

—No te preocupes —continuó, al ver la expresión de inseguridad de Serena—. La culpa de lo que pueda pasar es enteramente mía. Tendría que haberla llamado.

Nikos la tomó de la mano mientras ascendían por la sinuosa escalera que llevaba a lo alto de la escarpada colina, donde se alzaba la casa de su abuela. Serena estaba asombrada con la belleza del lugar. Casi todas las casas estaban enjalbegadas de blanco, pero también las había de colores rosa y pastel, y algunas tenían los típicos techos abovedados de la región, siempre pintados de azul.

En determinado momento, ella se detuvo en una superficie plana que parecía apoyada en las casas de abajo, cuyos tejados descendían como escalones hasta el mar.

—Me parece increíble que haya gente que viva aquí —comentó.

–Bueno, uno se acostumbra a todo –dijo, mirándola con preocupación–. ¿Te encuentras bien?

Ella rio.

–Sí, por supuesto. Me he parado porque quería admirar las vistas.

Nikos lo entendió perfectamente. Era un paisaje precioso. Pero él estaba bastante más interesado en el paisaje de su cuerpo.

–Son muy bonitas, pero a mí se me ocurre una vista mejor.

–¿Cuál?

–Esta.

Nikos la tomó entre sus brazos y la besó dulcemente. Serena estaba cada vez más enamorada de él, y albergaba la esperanza de que, si las cosas seguían por ese camino, él también se enamorara de ella.

–Si me sigues besando así, no podré ver nada –protestó con humor.

Él sonrió y la soltó.

–¿Dónde nos vamos a alojar? ¿En algún hotel?

–No –respondió Nikos con mirada pícara–. Nos quedaremos en otro sitio.

Durante la semana anterior, Nikos la había tratado como si fuera una reina. Le llevaba regalos todos los días, y le hacía el amor de un modo tan intenso y apasionado que ella se creía en el paraíso. Sin embargo, no había dicho ni una sola palabra sobre sus sentimientos, y Serena escondía los suyos porque tenía la seguridad de que Nikos no quería saber la verdad: que lo amaba.

–¿Y dónde está ese sitio?

–Ah, tendrás que tener paciencia.

Serena se puso de puntillas y le dio un beso en los labios, al que él respondió con la misma ternura de antes. Pero, al cabo de un par de segundos, lo llamaron.

–¡Nikos!

La voz llegaba de arriba, y Serena se quedó tan perpleja que Nikos rompió a reír.

–Es mi abuela –dijo.

Nikos alzó la cabeza y miró a la anciana vestida de negro que estaba delante de una puerta azul, entre tiestos de espléndidas flores rojas. Luego, volvió a tomar de la mano a Serena y la llevó hacia la casa.

Tras saludar a su nieto en griego, la mujer se giró hacia Serena y dijo:

–Bienvenida.

Serena dio un paso adelante con intención de estrecharle la mano, pero ella le dio un abrazo y no tuvo más remedio que devolvérselo. Después, la anciana miró a Nikos y soltó otra parrafada en griego.

–Dice que eres una preciosidad, y que lamenta no hablar bien tu idioma –le explicó él.

Serena se ruborizó un poco. El encuentro con su abuela había transformado a Nikos en el hombre del que se había enamorado. Sonreía como si todas sus preocupaciones se hubieran quedado en Atenas, y estaba tan relajado y tranquilo como el pescador de sus primeros días. Era como si allí se sintiera libre de ser quien era.

–Dile que no se preocupe por eso –replicó–. Ah, y dile también que tiene una casa verdaderamente bonita.

Nikos se lo dijo. La anciana inclinó la cabeza y los llevó a través del patio que estaba en la parte delantera de la casa.

–Ten cuidado con lo que dices, porque sabe más de tu idioma de lo que puedas creer –susurró Nikos–. Se lo enseñó mi madre, aunque hace tiempo que no lo practica.

Serena lo miró con sorpresa.

–¿Tu madre? ¿Es que era inglesa?

–Medio inglesa –contestó con frialdad.

Serena frunció el ceño. ¿Cómo era posible que no se lo hubiera dicho? Si hubieran estado solos, se lo habría preguntado. Pero no quería mantener una conversación previsiblemente difícil delante de su abuela.

–No sabía nada...

La anciana los invitó a entrar en la casa, que resultó ser pequeña y acogedora. Al fondo, había una estancia que hacía las veces de salón, con una chimenea de piedra; y, en el extremo opuesto, una cocina de muebles y aparatos tan antiguos como bien cuidados. Las ventanas eran minúsculas, pero Serena lo agradeció porque la luz del sol era tan intensa que hacía daño a los ojos.

–Relájate –dijo Nikos mientras la llevaba hacia una silla–. La comida es toda una tradición en mi familia. Y mucho más estando en casa de mi abuela.

Serena se sentó. Era una silla increíblemente cómoda, que no se parecía a las demás. Y, de repente, se le ocurrió que Nikos la había invitado a sentarse en la silla de su abuela.

–Oh, no, no la puedo aceptar –dijo, frustrada por no hablar griego–. Siéntese usted, por favor. Es suya.

La anciana sacudió la cabeza y, tras sentarse junto a su nieto, habló con él brevemente.

–Dice que eres su invitada, y que debes descansar.

–¿Descansar? ¿A qué viene eso?

Nikos sonrió.

–Mi abuela lo sabe, Serena.

Serena se ruborizó, y la anciana soltó una carcajada; pero se puso seria de inmediato, y le dedicó unas palabras que, naturalmente, Serena no pudo entender.

–¿Qué ha dicho?

–Que tú eres la llave –contestó Nikos.

–¿La llave de qué?

La anciana la señaló a ella y, a continuación, señaló a su nieto. Pero Serena seguía sin comprender nada, y no lo comprendió hasta que se puso una mano en el corazón.

¿Eso era lo que quería decir? ¿Que era la llave del corazón de Nikos?

Al cabo de unos minutos, Nikos y su abuela se levantaron y se dirigieron a la cocina, de donde regresaron con platos, cubiertos, vasos, una botella de vino y una enorme ensalada con aceitunas y queso feta.

–La comida –anunció Nikos–. Espero que tengas hambre.

La anciana y su nieto se sentaron a comer. Y Serena los imitó, asombrada por el tono que usaba Nikos cuando hablaba con su abuela. No se parecía nada al del duro e implacable hombre de negocios.

–Mi abuela está encantada de que nos vayamos a casar –dijo él momentos después–. Y quiere que lo sepas.

Serena sonrió.

Al menos, había una persona que se alegraba de

su embarazo. Un embarazo que, en opinión de la anciana, era la llave del corazón de Nikos.

La visita había sido un éxito, y Nikos se alegró mucho de que su abuela estuviera bien de salud. Los empleados que cuidaban de ella lo mantenían bien informado, pero se quedaba más tranquilo cuando lo veía con sus propios ojos. Era la única persona que no lo había dejado en la estacada, la única persona que le había dado un amor incondicional y la única persona a la que se atrevía a querer.

–Bueno, será mejor que nos marchemos –dijo, consciente de que Serena empezaba a estar cansada.

Tras despedirse de su abuela, salieron de la casa. El sol había bajado mucho, y se dirigía implacablemente hacia el horizonte.

–¿Adónde vamos? –preguntó ella.

–A un sitio donde estaremos solos.

Él la tomó del brazo. La había estado mirando durante toda la tarde, consciente de cada uno de sus movimientos. Y ahora, solo quería llevarla a su villa y disfrutar de un largo y apasionado fin de semana.

–¿Está muy lejos?

–No. Está en la costa, a unos minutos en coche.

Nikos había pedido que le prepararan un vehículo y, poco después, tomaron una carretera que los sacó del pueblo. El paisaje de la isla era tan abrupto como bonito, y siempre se sentía en casa cuando estaba allí. De hecho, había decidido que se quedarían a vivir en Santorini cuando Serena tuviera el niño.

Sin embargo, ni siquiera estaba seguro de que Serena se quedara con él. Cabía la posibilidad de volviera a Inglaterra cuando consiguiera el dinero para su hermana. Cabía la posibilidad de que lo abandonara, igual que su madre.

Nikos optó por no pensarlo demasiado, y se concentró en la conducción. Momentos más tarde, tomó un camino de grava y dijo:

–Ya hemos llegado.

Serena soltó un suspiro de asombro al ver la preciosa mansión, iluminada por el sol de la tarde. Era moderna y funcional, pero con la estética exterior de los edificios de la zona.

–Es una maravilla –dijo ella.

–Me alegra que te guste.

Nikos detuvo el coche en el vado y la invitó a bajar. Sabía que el ama de llaves ya se había ido, y que tendrían la casa para ellos solos.

Mientras caminaban hacia la casa, la tomó de la mano y dijo:

–Nuestro hijo crecerá aquí.

La declaración de Nikos tendría que haber sorprendido a Serena, pero, paradójicamente, le sorprendió más a él. Fue como si, al decirlo en voz alta, se hubiera hecho más real que nunca.

Su hijo iba a vivir allí.

Su familia iba a vivir allí.

¿Quién lo habría imaginado? La idea de fundar una familia no entraba en sus planes. Había hecho lo posible por evitar un futuro como el que ahora tenía por delante. Pero Serena lo había cambiado todo.

–¿Aquí? ¿No en Atenas? –preguntó ella.

–No –contestó con firmeza.

Nikos no iba a permitir que su hijo creciera lejos de Santorini. Quería que conociera todas las cosas buenas que él mismo había conocido, y muchas más. Porque, a diferencia de él, tendría el amor de un padre que estaría siempre a su lado.

–¿Y tus negocios?

Él cruzó el salón y abrió las puertas correderas que daban a la zona de la piscina.

–Eso no será un problema –respondió–. Tengo un despacho aquí, y todos los medios técnicos necesarios para estar en conexión permanente con la sede de Atenas.

Nikos tenía intención de pasar tanto tiempo como le fuera posible en la isla de Santorini. No solo por su hijo, sino también por su abuela, que se volvía más frágil con el paso de los años. Y por la propia Serena, con quien se sentía cada vez mejor.

–Quiero que tú y el niño tengáis todo lo que podáis necesitar.

Serena lo miró con incertidumbre, y él se sintió incómodo. Aparentemente, seguía sin estar convencida de que pudiera querer a su hijo. Pero ¿quién era él para recriminárselo, si tampoco estaba seguro de poder ser el padre que quería ser?

Capítulo 10

A PESAR de las palabras de Nikos, Serena llegó a la conclusión de que pretendía que se quedara en Santorini con el niño mientras él regresaba a Atenas y seguía con su vida de siempre. ¿Así agradecía sus esfuerzos? ¿Ese era el pago a cambio del tratamiento de su hermana?

Se sintió tan decepcionada que ni siquiera se fijó en la casa. Era preciosa, pero no la quería si él no se quedaba allí, con ella. Extrañaba al hombre del que se había enamorado, el hombre que había vuelto a ver brevemente durante la comida con su abuela. Y, si se empeñaba en dejarla en Santorini, no tendría más remedio que romper su acuerdo y volver a Gran Bretaña. Al menos, estaría cerca de Sally.

–Es el lugar perfecto para nosotros –dijo él.

La declaración de Nikos la desconcertó. No había dicho que fuera perfecto para su hijo, sino para ellos, en plural.

–¿Para nosotros?

–Sí, claro. Para fundar una familia.

La mente de Serena se llenó de preguntas. ¿Lo habría entendido bien? ¿Tenía intención de quedarse a vivir en Santorini? ¿O solo estaba jugando con ella?

–El bebé y tú sois mi familia –continuó Nikos–. Y quiero que viváis aquí, con todos los lujos que podáis desear.

Nikos se acercó a ella y la abrazó, aumentando su desconcierto.

–¿Y qué pasa con tu abuela?

Él la miró a los ojos y sonrió.

–¿Mi abuela? Estará encantada de que vivas aquí.

–No me refería a eso, sino al hecho de que debería vivir en esta casa. Es mucho más grande y lujosa que la suya.

En su inseguridad, Serena se había vuelto tan desconfiada que tomó a Nikos por una especie de canalla sin corazón. ¿Cómo era posible que tuviera una mansión gigantesca y permitiera que su abuela siguiera viviendo en una casita minúscula?

–¿Siempre te preocupas tanto por los demás? –preguntó él.

Antes de que Serena pudiera responder, Nikos se inclinó y le dio un beso tan apasionado que borró todas sus dudas y preocupaciones. Lo amaba tanto que no se podía resistir, pero seguía fingiendo que solo lo deseaba porque él se mantenía escondido tras un muro impenetrable, y no la dejaba entrar.

Al cabo de unos momentos, él le acarició la cara y dijo con afecto:

–Esa es una de las cosas que más me gustan de ti. Lo encuentro absolutamente adorable.

Serena parpadeó, confundida. No había dicho que la amara, solo había dicho que adoraba un aspecto de su forma de ser. Pero, por algún motivo, tuvo la sensación de que le estaba abriendo una puerta.

¿Se estaría engañando a sí misma? Era bastante probable, teniendo en cuenta sus antecedentes, así que decidió olvidar el asunto e insistir con lo de su abuela.

–No me parece bien. Esta casa es grande y moderna, y la suya es pequeña y antigua.

Nikos se apartó un poco, pero sin soltarla.

–¿Crees que no he intentado que se venga a vivir aquí?

–¿Lo has intentado?

–Por supuesto. La construí para ella, pero es tan obstinada como una mula y se niega a abandonar la casa donde ha vivido tanto tiempo –respondió–. Al final, no tuve más remedio que asumir mi derrota y contratar a un par de empleados para que le echen una mano discretamente. Si supiera que trabajan para mí, los echaría de inmediato.

Serena sonrió.

–Vaya, no eres tan frío e implacable como dicen.

Él frunció el ceño.

–Lo soy, Serena. No te engañes.

Serena se sintió profundamente triste. Durante unos segundos, le había mostrado un atisbo de su verdadera personalidad. Pero se había vuelto a encerrar en sí mismo.

–¿Nunca has amado a nadie? –le preguntó.

Él la miró con irritación.

–No.

–Pero ¿cómo es posible que...?

–No pierdas tu tiempo buscando el amor –la interrumpió–. Nuestro matrimonio es un negocio, un intercambio que hacemos por el bien del bebé.

Quiero que nos casemos porque quiero que lleve mi apellido. Todo lo demás carece de importancia.

Serena asintió lentamente. Al fin y al cabo, Nikos no le había dicho nada que no supiera ya. Le había ofrecido el matrimonio a cambio de dinero para Sally, y ella lo había aceptado. Si quería que su relación funcionara, no tendría más remedio que concentrarse en las cosas positivas e intentar que su amor fuera suficiente para los dos.

–Está bien –dijo ella.

Nikos sonrió con alivio, como si hubiera creído que le iba a pedir más de lo que podía dar. Y Serena se acordó del consejo que le había dado su hermana cuando hablaron por teléfono, un consejo más que pertinente en aquella situación.

Ten valor, le había dicho; sé valiente.

–Será como dices –continuó Serena–. Disfrutaremos del presente, sin pensar en nada más.

Él la abrazó otra vez y, tras besarla de nuevo, pronunció una frase en griego. Serena no tenía ni idea de lo que significaba, pero imaginó que eran palabras de amor y lo besó con tanta pasión que lo obligó a retroceder. Era la única forma de demostrarle lo que sentía. Si no lo podía expresar con palabras, lo expresaría con su cuerpo. Y le haría ver lo que podía llegar a ser suyo si se atrevía a abrir su corazón.

Nikos le acarició las nalgas y las caderas, arrancándole un gemido. Luego, llevó las manos a sus pechos y jugueteó con ellos mientras la besaba en el cuello. Serena suspiró y se arqueó, estremecida por oleadas de placer.

–Creo que deberíamos ir al dormitorio –dijo él con voz ronca.

Ella alzó la cabeza y se quedó tan cerca de su cara que sentía su aliento. No podía hablar, no podía pronunciar ni una palabra. Estaba embriagada por el deseo, completamente dominada por la necesidad de hacerlo suyo.

Nikos debió de notarlo, porque la alzó en vilo con sus fuertes brazos y la llevó por la escalera de la mansión, dirigiéndose al dormitorio principal.

–Esto empieza a ser una costumbre –acertó a decir.

Cuando llegaron a su destino, Serena se soltó y se quedó de pie, a su lado. Los ojos de Nikos se habían oscurecido, en síntoma evidente de que estaba tan excitado como ella.

Serena sonrió, le puso las manos en el pecho y lo empujó hacia la cama. Había tomado una decisión: le iba a demostrar que podía ser tan implacable como él cuando quería una cosa, y ardía en deseos de demostrárselo.

Nikos, que no tuvo más remedio que sentarse en la cama, arqueó las cejas con sorpresa cuando Serena se puso a horcajadas sobre él. Pero se quedó aún más sorprendido cuando lo besó de forma dominante y se frotó contra su erección.

Él gimió. Ella lo tumbó y lo cubrió con su cuerpo.

–Esto es lo que tenemos –susurró Serena, sorprendida por el tono sensual de su propia voz–. Pasión y placer.

Nikos metió las manos por debajo del vestido y le acarició las piernas, ascendiendo poco a poco. Serena sabía adónde quería llegar, y suspiró de placer al sentir el contacto entre sus muslos.

Rápidamente, se apartó de él e intentó desabrocharle los vaqueros, pero estaba tan fuera de sí que no podía.

–Déjame a mí –se ofreció Nikos.

Nikos se los desabrochó y se los quitó con movimiento asombrosamente rápido. Ella miró sus calzoncillos negros y arqueó una ceja en gesto de desaprobación.

Nikos soltó una carcajada.

–Me gusta tu lado salvaje –dijo–. No lo conocía, pero me gusta mucho.

Él la tumbó en la cama y la miró con intensidad, como desafiándola a tomar el control otra vez. Y Serena no necesitó que reiterara la invitación, se volvió a sentar encima y se apretó contra su cálida erección.

Pero no era suficiente. Quería más.

Justo entonces, Nikos llevó las manos a sus hombros, le bajó el vestido y le quitó el sostén, dejando sus pechos al desnudo. Serena se inclinó hacia delante y le puso un pezón en la boca, que él comenzó a lamer y succionar. La sensación fue tan intensa y placentera que ella estuvo a punto de derrumbarse sobre la cama. Sin embargo, hizo un esfuerzo y mantuvo la posición mientras dividía sus atenciones entre sus dos senos.

Unos segundos después, Nikos metió un dedo

bajo la cinta de las braguitas y tiró de ella hasta romperla. Serena se dio cuenta entonces de que la situación no había estado en ningún momento bajo su control. Sencillamente, él había permitido que lo creyera. Y ahora había cambiado las tornas.

–Oh, Nikos...

Nikos la tumbó en la cama, se quitó los calzoncillos y la penetró con una fuerza que los sorprendió a los dos.

Ella gimió y cerró los ojos, sin atreverse a mirarlo.

–No te detengas –le rogó.

Él no se detuvo. Siguió adelante con toda su energía, y Serena respondió del mismo modo, decidida a demostrarle que estaba a su altura.

–Serena –gimió Nikos.

Serena llegó al orgasmo, pero no a un orgasmo cualquiera, sino a uno que se volvía más y más intenso con cada una de sus acometidas, a uno tan potente que tuvo miedo de subir demasiado sobre la cresta de la ola y caer después a un abismo.

El mundo pareció estallar a su alrededor. Oyó que Nikos gritaba, pero ni supo lo que dijo ni lo quiso saber. Había sido una de las experiencias más rotundas de toda su vida, y estaba completamente abrumada.

–Te amo, Nikos.

Nikos la abrazó. No podía creer que hubiera sido tan salvaje con ella. Hasta entonces, siempre le había hecho el amor con suavidad, casi con cautela; pero la actitud agresiva de Serena le había hecho perder el control.

Estaba tan asombrado que no fue consciente de lo que había oído hasta que se tranquilizó un poco, minutos después.

Serena le había dicho que lo amaba.

Al pensarlo, se quedó sin respiración. Y ella debió de notar algún tipo de cambio en su cuerpo, porque se sentó repentinamente en la cama y lo miró, con ojos húmedos. Lo miró en silencio, sin decir nada, como esperando.

Nikos maldijo su suerte. No podía estar enamorada de él. No debía estar enamorada de él. Él no quería su amor.

–Te amo, Nikos –repitió ella.

–¿Me amas?

Nikos se levantó a toda prisa y se puso los vaqueros del mismo modo. Ella lo miró con tanto horror que él pensó que debía sentirse culpable, pero no sintió culpa alguna. Solo quería marcharse de allí, volver a marcar las distancias. Y no solo por el bien de Serena.

–Sí, Nikos, te amo.

La voz de Serena sonó más firme que antes, casi en tono de desafío. Y él se maldijo nuevamente, porque no se creía capaz de dar ni de recibir amor. La experiencia con su madre le había dejado una huella muy profunda, que se había enquistado con el paso de los años.

–No sabes lo que dices, Serena. El amor es una

fuerza increíblemente destructiva, que puede hundir a una persona y sumirla en la más absoluta de las impotencias.

Él cruzó la habitación y encendió la luz, esperando que la luz la hiciera entrar en razón de algún modo.

—Eso no es cierto —dijo ella.

—Estoy seguro de que, para ti, no lo es. Creciste con unos padres que te querían, y solo conoces la parte buena del amor.

Ella sacudió la cabeza.

—Tú no sabes nada de mi infancia, Nikos.

Serena lo dijo con un tono tan agresivo que Nikos dudó e intentó recordar todo lo que le había contado sobre su familia. Pero solo sabía cosa: que su hermana estaba desesperada por tener un bebé. Y, como solo sabía eso, lo usó en su contra.

—No debió de ser muy mala cuando estás dispuesta a casarte conmigo por el bien de Sally. Es obvio que la quieres mucho.

Serena lo miró con ira, aunque ni siquiera parpadeó.

—Estás muy equivocado. Es verdad que acepté tu oferta por Sally, pero admito que no estaba pensando en su bien, sino en lo mal que me sentiría si me negaba a casarme contigo y la condenaba a perder lo que más desea. No me lo habría perdonado nunca.

—Pero, en cualquier caso, te vas a casar por ella —insistió Nikos.

—Sí, es cierto.

—Lo tenías pensado desde el principio, ¿verdad?

Serena frunció el ceño.

–No sé de lo que estás hablando. Yo no tenía ningún plan. Solo quería hablar con un pescador para decirle que iba a ser padre. Y te aseguro que no esperaba nada de él, por lo menos, de carácter económico. Pero resultó que ese hombre no existía.

–Ah, comprendo. ¿Me estás diciendo que no habrías aceptado mi propuesta si no te hubieras enterado de que yo era rico?

–¿Estás hablando en serio, Nikos?

–Maldita sea, Serena, te has burlado de mí –afirmó–. Has estado buscando la forma de aprovechar esta situación desde que te marchaste de Santorini.

–¡Eso no es verdad! –exclamó–. ¿Cómo he podido ser tan idiota? Y pensar que me había convencido de que lo nuestro podía salir bien... Me extorsionaste para que me casara contigo, a sabiendas de que no podía volver a Inglaterra y decirle a mi hermana que me había quedado embarazada tras haber destruido su última posibilidad de ser madre. Me pusiste entre la espada y la pared. Pero eso se ha acabado.

Serena salió de la habitación. Era medianoche, y sabía que no podía ir a ninguna parte, así que no tenía más remedio que quedarse en su casa. Sin embargo, había llegado a la conclusión de que necesitaban estar separados una temporada. Por el bien de los dos.

A la mañana siguiente, hablaría con él y cambiarían los términos de su acuerdo. Aún estaba dispuesta a casarse con Nikos, pero no se iba a quedar en Grecia. Si quería ver a su hijo, tendría que ir a verlo a Londres.

Serena se sentó en el salón, sin más luz que el destello de las farolas del jardín. Era absolutamente consciente de que la discusión que habían mantenido se debía a su declaración de amor. Con un par de palabras, había apagado el deseo de Nikos y había convertido su pasión en el más gélido de los desprecios.

Al cabo de un rato, oyó un ruido. Sabía que era Nikos, pero no se dignó a mirarlo hasta que se cansó de que estuviera allí, sin decir nada.

–¿Qué quieres, Nikos?

Nikos se acercó y se detuvo ante ella.

–Quiero a mi hijo, Serena. No voy a renunciar a ser padre.

Serena suspiró.

–Nikos, si hubiera sabido lo insensible y brutal que puedes llegar a ser, no habría vuelto nunca a tu país. Me has manipulado desde el primer día. Pensé que eras una buena persona, pero no es verdad. Ese pescador no ha existido nunca. Fue una invención útil, un personaje creado sin más intención que la de seducirme.

Nikos la miró con dureza.

–Piensa lo que quieras, Serena, pero ¿qué querías que hiciera? Eres periodista.

–¿Y eso qué tiene que ver?

–Todo. ¿Pretendías que te escribiera la historia de mi vida y te la entregara en mano para que la pudieras publicar?

Serena no pudo creer lo que estaba oyendo.

–En primer lugar, yo no soy de esa clase de periodistas. Me dedico a escribir artículos sobre viajes –le recordó–. Y en segundo lugar, ¿por qué les tienes tanto miedo?

–Yo no les tengo miedo.

–Entonces, ¿a qué viene esto? Eres un hombre de negocios, y estás más que acostumbrado a despertar el interés de la prensa. Sabes que forma parte de tu trabajo. Y es lógico que se interesen por ti, especialmente, si acabas de cerrar un acuerdo tan importante como el de esa naviera.

Él entrecerró los ojos.

–Me parece bien que se interesen por mis asuntos profesionales, pero mi vida privada es asunto mío.

–¿Tu vida privada?

–Sí, eso he dicho.

–¿Y a qué te refieres, exactamente? ¿A lo de tu madre? –dijo con curiosidad.

Hasta ese momento, Serena no se había atrevido a interesarse por la historia de su madre porque estaba segura de que le sentaría mal. Pero ya no tenía nada que perder. Se iba a ir de todas formas.

–Si reconociera esa parte de mi pasado, abriría una puerta a mi madre. Y no tengo la menor intención de abrírsela, por muchas veces que lo intente.

–Pero ¿por qué la quieres expulsar? Es tu madre.

–Dejó de serlo cuando me abandonó.

La acritud de sus palabras aumento la curiosidad de Serena, pero ya no tenía ganas de seguir hablando. Solo se quería ir. Había intentado amar a Nikos, había intentado ser lo que necesitaba y había fracasado.

–No me puedo quedar –dijo–. No así.

Nikos la miró con más frialdad que nunca.

–No te atrevas a desafiarme, Serena.

Serena parpadeó y se recordó una vez más que el hombre del que se había enamorado era una ilusión tan falsa como el hombre con el que se había acostado durante toda la semana. El verdadero Nikos estaba delante de ella, y no se parecía nada a un príncipe azul.

Definitivamente, no se podía quedar. Ni en Santorini ni en Grecia. Volver a Inglaterra y enfrentarse a la decepción de Sally era preferible a seguir allí. Además, ya encontrarían otra forma de pagar su tratamiento de fertilización in vitro. Nikos no podía ser su única opción. Seguro que había más.

Justo entonces, la expresión de Nikos se volvió más dulce. Y Serena pensó que el hombre de sus sueños había regresado.

–Si quieres, puedes vivir en Inglaterra. Y te daré el dinero para tu hermana. Pero te casarás conmigo.

Nikos llevó una mano a su cara y le acarició la mejilla.

–No puedo. No puedo vivir así. No me puedo casar contigo.

Serena se había dado cuenta de que no podía aceptar los términos de Nikos. Si se casaba con él, condenaría a su pequeño a la misma inseguridad y al mismo sentimiento de culpabilidad que ella había padecido. Era mejor que el niño se criara con uno de los dos. Ser feliz en un hogar monoparental era indiscutiblemente más sano que ser infeliz con dos padres que no se soportaban.

–Quiero que mi hijo lleve mi apellido –insistió él–. Es mi heredero.

–Y lo llevará, si quieres. Pero nuestro hijo no es una moneda de cambio –replicó–. No me voy a casar contigo, Nikos. He cometido un error muy grave, y lo voy a corregir de inmediato. Me voy. Ahora mismo.

Capítulo 11

NIKOS se quedó helado. Serena se iba a marchar.

Su angustia se mezcló con el dolor que le había causado su madre al abandonarlo, y lo hundió en un pozo de desesperación. La traición de la mujer más importante de su vida le había dejado una huella imborrable; una huella tan profunda que, desde entonces, no había sido capaz de amar a ninguna persona.

Pero Serena lo había cambiado todo.

Había hecho lo posible por no sentir nada. Había hecho todo lo que estaba en su mano. Y había fracasado. Incluso entonces, en ese preciso momento, era consciente de que su vida se quedaría completamente vacía si Serena volvía a Inglaterra. Y no se quedaría así porque se llevara a su hijo, sino por algo diferente.

Por algo que no podía aceptar.

—Eso no es lo que acordamos.

Serena lo miró con tristeza.

—En realidad, solo acordamos que viajaría contigo a Atenas. Y lo he cumplido.

—Pero yo pensaba que...

—¿Qué, Nikos?

–Que nos íbamos a casar de todas formas –contestó–. Si no es así, ¿por qué llevas el anillo que te regalé?

–Eso no significa nada. Es decir, lo habría significado en otras circunstancias, pero solo me lo regalaste porque querías que la prensa y los invitados de aquella gala supieran que nos íbamos a casar –afirmó ella–. Intentabas evitar un escándalo. Lo hiciste para impedir que los rumores y las conjeturas de los periodistas te impidieran comprar la naviera.

Ella bajó la cabeza para mirar el anillo y, al bajarlo, el cabello le cayó sobre la cara como una cortina. Nikos tuvo que hacer un esfuerzo para no extender un brazo y apartárselo. Incluso en plena discusión, ardía en deseos de tocarla.

–No lo niegues, Nikos. Me lo regalaste por eso.

Él se quedó en silencio durante unos segundos. Y, cuando volvió a hablar, su voz sonó tan firme como de costumbre.

–Haz lo que tengas que hacer, Serena. Pero recuerda esto: no me quitarás a mi hijo.

Serena alzó las manos en gesto de exasperación.

–Esto no tiene ni pies ni cabeza. No querías ser padre. Me lo dijiste tú mismo. Y si no hubieras mentido sobre tu identidad, yo no habría vuelto a Grecia.

–¿Qué significa eso de que no habrías vuelto?

–Significa que, de haber sabido que eras un despiadado hombre de negocios, ni siquiera habría considerado la posibilidad de decirte que me había quedado embarazada.

–¿Por qué? Un padre es un padre, tanto si es rico como si es pobre.

–Maldita sea, Nikos... Volví a Grecia porque pensé que eras el hombre maravilloso con el que había perdido la virginidad. Y no me importaba que ese hombre no tuviera dinero. Sencillamente, pensé que tenía derecho a saberlo –declaró–. Pero lo nuestro no saldría bien. Yo no puedo vivir así. Sé lo que se siente al crecer con dos padres que se odian, y sé lo que se siente cuando te crees el error que los ha forzado a seguir juntos.

La vehemencia de Serena resquebrajó el muro defensivo de Nikos y llegó a la parte más profunda de su ser. Sin embargo, también aumentó su enfado. ¿Cómo podía ser tan cobarde? En lugar de asumir la responsabilidad de sus decisiones, le echaba la culpa a sus padres, como si ellos la obligaran a volver a Inglaterra.

–¿El error? –preguntó él.

–Sí, el error.

–Discúlpame, pero no te entiendo.

–El matrimonio de mis padres ya se había roto cuando mi hermana empezó a ir al colegio. Se habían separado, aunque yo no lo llegué a saber hasta muchos años después, cuando Sally me lo contó. Más que una hermana, Sally fue una madre para mí.

–Al menos, tu madre no se fue como la mía. Se quedó contigo.

–No, no se fue, pero me dejó bien claro que había seguido con mi padre por mi culpa. Como te iba diciendo, mis padres se habían separado... y yo fui el resultado o, más bien, la consecuencia de un intento de reconciliación –dijo–. Seguro que ya te imaginas el resto. Se obligaron a seguir juntos porque pensaron que era lo mejor para mí. Y mi madre no me lo ha perdonado. Para ella, yo soy el peor error de su vida.

–¿Estás insinuando que nuestro hijo es un error?

Ella lo miró con rabia.

–No, ni mucho menos. Estoy diciendo que volver a Grecia fue un error.

Nikos guardó silencio.

–No quiero que mi hijo pase por lo que yo pasé –prosiguió ella–. Quiero que sea feliz, y no lo podrá ser si vive con unos padres que discuten constantemente. Lo he sufrido en carne propia. No le puedo hacer una cosa así.

Nikos asintió. Serena lo había convencido. Si no podían ser felices, era mejor que no vivieran juntos.

–Muy bien. Me encargaré de que puedas volver a Inglaterra hoy mismo.

Ella se quedó atónita, como si no esperara esa reacción. Y Nikos se preguntó qué pretendía. ¿Que le rogara que se quedara con él? Ya se lo había rogado a su madre, y no había servido de nada. ¿Por qué iba a ser distinto con Serena?

–Gracias, Nikos.

Ella se quitó el anillo de compromiso y lo dejó en la mesa.

–No es necesario que volvamos a Atenas. Me he traído todo lo que tengo, así que solo necesito ducharme y cambiarme de ropa –continuó.

Serena apretó los labios, y Nikos se dio cuenta de que no se sentía tan segura como intentaba fingir. Luego, miró el vestido que llevaba puesto y reparó en la arrugas que tenía, causadas evidentemente durante su último encuentro amoroso. Le parecía increíble que solo hubieran pasado un par de horas desde entonces. Se sentía como si fuera un acontecimiento remoto, casi de otra vida.

Su declaración de amor había tenido un efecto catastrófico; pero no lo había tenido porque Nikos se negara a aceptar que estaba enamorada de él, sino porque creía que era una simple y vulgar estratagema. Creía que había intentado asegurarse de que le iba a dar el dinero para su hermana. Creía que lo estaba engañando y que, sencillamente, se había pasado de lista.

Serena desapareció escaleras arriba, en dirección al dormitorio. Y él se quedó en el salón, con los puños apretados.

Si pensaba que le iba a rogar que se quedara, se iba a llevar una decepción. Nikos Lazaro Petrakis no suplicaba nunca, ni siquiera por el bien de su propio hijo. Y no se iba a humillar delante de ella.

Serena cerró la puerta del dormitorio y se sentó en la cama, sin poder creer que hubieran hecho el amor allí mismo, unas horas antes.

Todo había ido bien hasta que le había dicho que lo amaba. Había intentado ser valiente. Había intentado utilizar su amor para despertar el amor de Nikos y ofrecer un hogar feliz al niño que estaba esperando. Pero se había equivocado. Por completo.

Suspiró, se quitó el vestido y se fue a la ducha. Necesitaba borrar las huellas de Nikos, eliminar su olor y sacárselo de la cabeza. Ahora tenía que pensar en su hijo. Todo lo demás carecía de importancia.

Ya estaba amaneciendo cuando salió del cuarto de baño y se puso un top y unos pantalones sueltos, adecuados para viajar. Nikos estaba fuera, junto a la piscina. Y, por la rigidez de sus hombros, era evidente que no había cambiado de actitud. No necesitaba a nadie. No quería que lo amaran.

Momentos después, salió al jardín. No hizo el menor ruido, pero Nikos se giró hacia ella como si hubiera notado su presencia.

—Ya me he encargado de todo. Saldrás en el primer vuelo a Londres.

—¿Cuándo? —preguntó.

Nikos miró la hora.

—Supongo que el taxi llegará enseguida.

Serena asintió. Había llegado el momento de despedirse.

—¿Serena?

Nikos pronunció su nombre un segundo antes de que el taxi se detuviera en el vado. Y Serena pensó que le iba a decir algo importante, que le iba a pedir que se quedara, que había descubierto que no podía vivir sin ella.

—¿Sí?

—Mi abogado se pondrá en contacto contigo. Tendremos que llegar a algún tipo de acuerdo sobre el bebé.

A Serena se le encogió el corazón. Las cosas tenían que estar mucho peor de lo que había imaginado si ya habían llegado al extremo de acudir a la ley. Pero no podía hacer nada al respecto, así que sacó una libreta del bolso, apuntó su dirección y su número de teléfono en una hoja y, tras arrancarla, se la dio.

Nikos se la guardó en un bolsillo sin mirarla.

—Adiós, Serena.

A Serena se le hizo un nudo en la garganta, pero, a pesar de ello, encontró las fuerzas necesarias para decir:

—Adiós, Nikos.

Dos semanas después, Nikos se fue a Londres. Se había levantado con una noticia que estaba en las portadas de todas los periódicos amarillos, y que no guardaba relación alguna con los resultados económicos de su nueva adquisición, la naviera Adonia. Alguien había abierto todas las puertas cerradas de su pasado. Y Serena era la sospechosa principal.

¿Habría sido capaz de vender su historia a la prensa? ¿Estaba tan enfadada como para hacer negocio con la historia de su vida y la ruptura de su compromiso matrimonial? No estaba seguro de que fuera cosa suya, pero había tomado un vuelo a la capital británica porque solo había una forma de averiguarlo.

Los periódicos del día habían abierto edición con la fotografía de una mujer que Nikos solo recordaba vagamente; una mujer que intentaba hablar con él de vez en cuando, y a la que rechazaba sistemáticamente porque no quería que saliera del agujero del pasado: su madre. Pero había salido. Por lo que decían las noticias, se sentía culpable de su triste infancia, y le quería pedir disculpas.

Cuando llegó a Londres, se subió a un taxi y se dirigió al domicilio de Serena. No había estado allí en toda su vida, y no tenía idea de lo que se iba a encontrar. Pero se llevó una gran sorpresa cuando el coche se detuvo delante de una mansión que no encajaba precisamente bien con la imagen de una mujer sin recursos económicos.

Todo parecía indicar que era la culpable de la filtración. La prensa le habría dado mucho dinero por la venta de la historia, y Nikos se sintió profundamente decepcionado. ¿Qué necesidad tenía de hacer una cosa así? Él habría cumplido su palabra en cualquier circunstancia, y le habría dado la suma necesaria para pagar el tratamiento de Sally.

–¿Está seguro de que es aquí? –preguntó al taxista.

–Sí, señor.

Nikos pagó al conductor y salió a la calle con el periódico en la mano. Luego, respiró hondo y subió los escalones que daban a la impresionante puerta negra del edificio. Era obvio que había sido una mansión aristocrática y que, en algún momento del pasado, la habían dividido en varios pisos.

Pulsó el botón correspondiente del portero automático y esperó.

–¿Sí? ¿Quién es?

Nikos se quedó sorprendido. Su voz sonaba triste y cansada, y se preocupó tanto que su enfado desapareció al instante. ¿Se habría equivocado con ella? ¿Sería posible que Serena no tuviera nada que ver? Habría dado cualquier cosa por creerlo.

–Serena, soy yo. Tenemos que hablar.

Hasta ese momento, Nikos solo quería hablar con ella por la noticia que había aparecido en la prensa. Pero ahora le interesaba más su estado que el origen de la filtración. Quería asegurarse de que se encontraba bien.

Serena le abrió el portal, y él subió los escalones de dos en dos. Al llegar al final de la escalera, se encontró ante una puerta entornada. Nikos entró, cerró y avanzó por un largo pasillo de suelos de madera.

Serena salió de una de las habitaciones que estaban al fondo. Llevaba un jersey de color crema y una falda negra que no disimulaban su embarazo. Sus verdes ojos le lanzaron una mirada en la que no había afecto alguno. Brillaban como el anillo de esmeraldas que le había devuelto, el anillo que él había aplastado en un momento de ira y desesperación.

–Esperaba que tu abogado se pusiera en contacto conmigo. No imaginaba que vendrías en persona –dijo.

Él caminó hacia ella, intentando no pensar en sus marcadas ojeras ni en el deseo que había sentido en cuanto la vio.

–Soy el padre de tu hijo. No me puedes expulsar de tu vida.

Serena miró el periódico que llevaba en la mano, lo miró a él y volvió a entrar en la habitación de la que había salido. Nikos la siguió y se encontró en una cocina amplia con una zona que hacía las veces de salita de estar. En el suelo, había varias bolsas de comida y, en el sofá, ropa de bebé.

–¿Qué haces aquí, Nikos? –preguntó ella.

–He venido por esto –contestó, ofreciéndole el periódico.

Serena lo alcanzó y frunció el ceño.

–Está en griego. Y yo no entiendo el griego.

Serena se lo devolvió. No sabía lo que decía, pero empezaba a sospechar que no estaba relacionado ni con su hijo ni con su custodia.

–Te dije que mi madre era medio inglesa, y tú has vendido la historia a la prensa y has abierto una época de mi pasado que yo creía enterrada para siempre.

–¿Cómo?

–No te hagas la tonta, Serena. Te fuiste de Grecia con toda tranquilidad porque sabías que tenías un gran negocio entre las manos: vender la historia de mi vida al mejor postor –la acusó Nikos–. De hecho, es posible que volvieras a Santorini sin más intención que la de sacarme toda la información que pudieras. Así tendrías dinero más que de sobra, y podrías criar al niño sin mi ayuda.

–¡No es verdad! –dijo ella, sacudiendo la cabeza.

–Dijiste que solo querías hablar conmigo en persona, que no querías nada más... Pero querías mucho más, ¿no es cierto?

Serena se llevó una mano al estómago

–Lo siento, Nikos, pero tendrás que explicarme lo que sucede. Te aseguro que no entiendo nada de nada.

Serena necesitaba sentarse. Se sentía mal, y la tentación de derrumbarse en una silla era casi irresistible. Sin embargo, no quiso mostrarse débil delante de Nikos.

–Desde que llegaste a Santorini, no hiciste otra cosa que buscar una alternativa a la necesidad de casarte conmigo. Te inventaste una historia sobre tu hermana, me arrancaste un acuerdo y aceptaste mi oferta de matrimonio, no porque tuvieras intención de criar al niño conmigo, sino porque no se te había ocurrido nada más rentable. Y, en cuanto surgió la oportunidad de vender esa historia a la prensa, la aprovechaste y prescindiste de mí.

Serena sacudió la cabeza, incluso sabiendo que parte de lo que había dicho era verdad.

—Eso no es cierto. ¿Cómo puedes tener una opinión tan negativa de mí?

Nikos empezó a caminar de un lado a otro, como un tigre enjaulado. Y ella se sentó, incapaz de seguir de pie.

—No lo niegues, Serena. Esto es cosa tuya.

Ella respiró hondo.

—Mira, sé que hice mal al contarte lo de mi hermana e introducir su problema en nuestra relación, pero no acepté tu oferta de matrimonio por ese motivo.

Nikos se cruzó de brazos.

—¿Ah, no? Entonces, ¿por qué?

Serena estuvo a punto decirle la verdad: que la había aceptado porque estaba enamorada de él. Pero no se lo podía decir. No quería que volviera a reaccionar como la última vez.

—Por el bien del bebé, porque esperaba que lo nuestro saliera bien. No quería ser madre soltera. Y me sentía culpable por tener lo que Sally no podía tener —respondió—. Sin embargo, yo no tengo nada que ver con ese asunto del periódico. Te prometo que no le he dicho nada a nadie. ¿Por qué iba a hacer una cosa así?

—Menuda pregunta —dijo él con ironía.

—Búrlate si quieres, pero no lo entiendo —se defendió–. ¿Qué podía ganar vendiendo esa historia a la prensa?

–Un montón de dinero, para empezar.

Ella soltó un grito ahogado.

–¿Es que te has vuelto loco? Lo único que sé de tu madre es lo que tú me contaste, y no ocuparía ni dos líneas. Yo no tenía ninguna historia que vender.

–Pero me has podido investigar.

–¿Crees que he utilizado mis contactos para investigarte? –dijo, dolida.

–Sí, lo creo. Y me parece tan indigno como innecesario. Te dije que te ayudaría, y habría cumplido mi palabra.

Serena lo miró con desesperación.

–Yo no he escrito ese artículo, Nikos. Y, desde luego, no he echado mano de mis contactos para sacar tus trapos sucios. Pero estoy dispuesta a usarlos para demostrarte que no tengo nada que ver con esa historia.

–Oh, vamos, ¿me intentas convencer de que una periodista como tú se ha resistido a la tentación de escribir sobre mí?

–No, en absoluto. Es verdad que he escrito algo donde tú apareces, pero no guarda ninguna relación con esa noticia. Es un reportaje sobre Santorini, un artículo para una revista de viajes, que habla de restaurantes y sitios que ver.

Serena señaló las hojas que estaban sobre la mesa. Eran la versión final del artículo, que aún no había enviado a la revista.

Nikos frunció el ceño.

–Disculpa, Serena, pero sé que la noticia es cosa

tuya porque dice que tú y yo nos conocimos en Santorini. Y tú eres la única persona que lo sabe.

Justo entonces, ella cayó en la cuenta de algo importante. Había sido sincera al afirmar que no tenía
nada que ver con la historia de su madre, pero no era
cierto que ella fuera la única persona que supiera lo
de Santorini.

–Oh, no...

–¿Qué ocurre?

–Hay una persona que sabe exactamente dónde
nos conocimos –contestó–. Se lo dije yo misma,
hace tiempo.

–¿Quién?

–Christos. Se lo dije durante la gala, cuando lo sa-
ludamos.

Nikos se maldijo para sus adentros. ¿Sería él la
fuente de la filtración?

–¿Qué te pasó? –preguntó ella–. ¿Qué dice exactamente esa noticia?

Él sacudió la cabeza.

–Olvídalo. Forma parte de un pasado que no
quiero recordar.

Serena se levantó, se acercó a Nikos y se detuvo a
un par de metros de él, junto a la ventana. Estaba
terriblemente tenso, a la defensiva.

–Necesito saberlo, Nikos. Pase lo que pase, y sea
quien sea la persona que ha vendido la historia a la
prensa, esa mujer es tu madre. La abuela de nuestro
hijo.

Él la miró con tristeza.

–Cuando yo tenía seis años, me dijo que no nos quería ni a mí ni a mi padre, y que se iba a marchar. Me dijo que yo no merecía el amor de nadie.

A Serena se le hizo un nudo en la garganta.

¿Cómo era posible que una mujer abandonara a su hijo de una forma tan cruel? Ahora lo entendía todo. Ya no le extrañaba que estuviera tan enfadado con el mundo y tan en contra de la paternidad.

Nikos miró por la ventana de la habitación, pero estaba tan sumido en sus pensamientos que ni siquiera vio las altas casas blancas del otro lado de la calle. Solo veía el mar de Santorini, el largo y vacío horizonte de muchos años atrás, cuando iba a la costa con la esperanza de que su madre volviera en alguno de los barcos que se divisaban a lo lejos. Con la esperanza de que le pidiera perdón y le dijera que lo quería.

–Si mi padre la hubiera sabido amar, no se habría marchado.

Serena le puso una mano en el brazo, pero ni su cálido contacto sirvió para romper el círculo vicioso de sus recuerdos. Ya no le importaba el origen de la filtración. Veía una y otra vez a su madre, alejándose de él. Y sentía la misma angustia que había sentido de niño.

–No pienses en esos términos, Nikos. A veces es mejor que los padres se divorcien. A veces, no se puede hacer otra cosa.

Él la miró a los ojos.

–No la he vuelto a ver desde entonces, ¿sabes? Dejé de desear que volviera a mí. Asumí que no me quería.

–Oh, Nikos... –dijo, emocionada.

–Serena, yo solo quería ser un buen padre para nuestro hijo. El padre que yo no tuve.

–Y lo serás, cuando arreglemos las cosas entre nosotros –le aseguró–. Puede que sea difícil, teniendo en cuenta que tú vives en Grecia y yo, en Inglaterra. Pero encontraremos la forma de que funcione.

Nikos se preguntó qué estaba haciendo allí, además de empeorar las cosas. Serena no había vendido ninguna historia a la prensa. Había sido Christos, que lo había traicionado y había expuesto sus debilidades en público sin más intención que la de hacer daño a la competencia. En el fondo, nunca había creído que Serena fuera culpable, pero había aprovechado el asunto como excusa para viajar a Londres.

Necesitaba verla y oír su voz. La echaba terriblemente de menos.

–Quiero que nuestro hijo lleve mi apellido.

–Ya te dije que eso no es un problema. No es necesario que nos casemos. Solo hay que ponerte como padre en la certificado de nacimiento.

–Lo sé, pero no me parece suficiente.

–Pues es la única forma...

–No, no es la única –dijo él–. Hay otra.

–¿Cuál? –preguntó ella.

–Que nos casemos y vuelvas conmigo a Grecia.

Capítulo 12

SERENA se sentía como si el suelo se hubiera abierto bajo sus pies y se la hubiera tragado. Primero, se presentaba en su casa sin avisar; después, la acusaba de haber vendido la historia de su vida a la prensa y, por último, insistía en casarse con ella.

Durante unos momentos, había estado a punto de acercarse a él y abrazarlo. Sus tristes palabras sobre su madre y su infancia le habían llegado al corazón, pero el hechizo se acababa de romper. ¿Casarse? Era una idea completamente absurda. Habían intentado vivir juntos, y no había salido bien. Si se empeñaban en tomar ese camino, terminarían como sus padres, odiándose el uno al otro.

—No, Nikos. Ya ha quedado claro que no es una buena idea.

—¿Estás segura de eso?

—Por supuesto que lo estoy. Pero ahora, te ruego que te marches. Nos hemos dicho todo lo que nos teníamos que decir.

Nikos se acercó a Serena y la miró con intensidad.

—No, yo no lo he dicho todo.

Ella tragó saliva.

—Has dicho incluso más de lo que debías, Nikos.

¿Cómo te atreves a venir a mi casa y acusarme de haberte vendido a la prensa?

–Lo siento –dijo él–. Perdóname.

Serena se quedó asombrada. Era la primera vez que le pedía perdón. Y decidió concederle el beneficio de la duda.

–¿Volviste a hablar con tu madre después de que te abandonara?

Nikos pensó que Serena tenía derecho a conocer su historia. Pero su historia de verdad, no la que Christos había filtrado a la prensa.

–Intentó hablar conmigo cuando mi padre falleció. Y lo ha vuelto a intentar varias veces desde entonces, pero...

–Pero ¿qué? –dijo, acariciándole la cara.

–No quería que volviera a mi vida. Me dejó cuando yo era un niño. Me abandonó y me dejó solo.

–¿Ni siquiera fue al entierro de tu padre?

Nikos sacudió la cabeza.

–No deberían haberse casado. No estaban hechos el uno para el otro –contestó–. Recuerdo que, poco tiempo después de que ella se fuera, mi padre capturó una mariposa y me dijo que era como mi madre.

Serena frunció el ceño.

–¿Qué pretendía decir?

–Que necesitaba ser libre. Que no podía vivir estando encerrada –dijo con tristeza–. Aquella fue la última vez que se comportó como un padre de verdad. Luego, empezó a beber y se convirtió en un pobre hombre que intentaba huir de la realidad. Por suerte, mis abuelos se hicieron cargo de mí.

Súbitamente, él alzó un brazo y le acarició el cabello, arrancándole un estremecimiento de placer. Y Serena se apartó.

—No, Nikos. No lo hagas.

—¿Qué?

—No compliques más las cosas —dijo con un hilo de voz.

Serena se alejó de él, y Nikos se volvió a encerrar tras su muro defensivo.

—No voy a renunciar a mi hijo, Serena. No puedo renunciar a mi hijo. Quiero ser un padre de verdad, un padre como el que yo no tuve.

—¿Y pretendes que nos casemos? Eso no tiene sentido. ¿Pretendes que nuestro hijo crezca como yo, creyéndose culpable de la infelicidad de sus padres? Yo quiero que sea feliz, que se sienta amado. Y, francamente, quiero lo mismo para mí.

Las palabras de Serena le recordaron el comentario de su abuela, que no había terminado de entender hasta ese momento. Efectivamente, el niño era la llave de su corazón, pero no lo era porque fuera a cerrar un pasado doloroso, sino porque podía abrir un futuro de felicidad. Su abuela lo había sabido desde el principio. Sabía que sería un buen padre. Y también sabía otra cosa: que estaba enamorado de Serena.

Ya no lo podía negar. Se había negado a creerlo durante mucho tiempo, incapaz de arriesgarse a sufrir otro desengaño. Pero era cierto. La amaba. Y, si quería que fuera suya, tendría que hacer algo más que insistir en su oferta de matrimonio.

—A veces hay que arriesgarse, Serena.

—¿Arriesgarse? ¿Para qué? Me has mentido desde el principio. Me has manipulado y me has engañado —dijo ella con furia repentina—. Y, por si eso fuera poco, te presentas en mi casa y me acusas de vender historias sobre ti. ¿Por qué tendría que arriesgarme? Dame una buena razón. Una sola.

Nikos quiso decirle que se había enamorado de ella, pero fue incapaz de pronunciar las palabras. Solo quería besarla y abrazarla. Lo deseaba con todas sus fuerzas.

–Cuando te conocí, me pareciste un soplo de aire fresco –le confesó–. No estabas conmigo por mi dinero ni por mi estatus social. Estabas conmigo porque yo te gustaba.

–¿Un soplo de aire fresco? ¿Y por qué no me lo dijiste entonces? ¿Por qué no me abriste tu corazón? Te encerraste en ti mismo y mentiste sobre tu identidad. ¿Qué creías, que iba a vender todos tus secretos? ¿Que los iba a publicar por todas partes?

–Maldita sea, Serena... No te dije quién era porque me pareció innecesario.

–Eso es verdad. Era innecesario. A fin de cuentas, solo se trataba de una aventura veraniega. Pero la aventura se complicó, ¿no es cierto? Tuvo consecuencias. Algo que ni tú ni yo deseábamos. Un error.

–No, Serena, nuestro hijo no será nunca un error. Y te aseguro que no crecerá como decías, creyéndose culpable de la infelicidad de sus padres. Crecerá en un hogar feliz, con un padre y una madre felices.

Ella cerró los ojos un momento, y él le apartó el pelo de la cara.

–Ahora lo entiendo, Serena. Ya sé por qué te mostrabas tan contraria a un matrimonio de conveniencia. Y estoy de acuerdo contigo... La gente no se debería casar sin estar enamorada –declaró.

–Exactamente. Y nuestro caso no es una excepción –replicó ella–. Es mejor que sigamos como hasta ahora. Podemos ser buenos padres sin necesidad de vivir juntos o estar casados.

–Sí, supongo que sí, pero no nos podremos amar.

Serena se quedó atónita.

–He sido un estúpido –continuó Nikos–, y te he hecho mucho daño. No me di cuenta de que tú eras mi mariposa, y de que necesitabas ser libre.

Nikos se maldijo una vez más para sus adentros. ¿Por qué no le decía de una vez por todas que estaba enamorado de ella? ¿Por qué se empeñaba en dar vueltas y más vueltas sin afrontar directamente el problema?

–Es demasiado tarde para cambiar las cosas, Nikos. Pensé que mi amor sería sostén suficiente de nuestro matrimonio. Pero lo rechazaste.

Él la tomó de la mano y se dijo que no era cierto, que no podía ser demasiado tarde. Por fin se había atrevido a asumir sus sentimientos. Y no la podía perder.

Justo entonces, Serena se dirigió a la puerta principal de la casa, y él no tuvo más remedio que seguirla. Si no decía algo, si no pronunciaba las únicas palabras que podían cambiar el curso de su relación, ella abriría la puerta y lo expulsaría de su vida.

Había llegado el momento de actuar. Tenía que matar a los demonios de su pasado y atreverse a ser feliz.

–Te amo, Serena.

Serena no podía creer lo que acababa de oír. Había estado esperando esas palabras durante muchos meses, y ahora era incapaz de creerlas. Nikos la había engañado demasiadas veces. Era capaz de decir cualquier cosa con tal de salirse con la suya.

—No, Nikos.

Nikos le dedicó una mirada cargada de dolor.

—Es demasiado tarde —continuó.

—¿Demasiado tarde?

Su ronca voz resonó en el pasillo, y Serena deseó que se marchara de una vez y la dejara en paz. Solo quería encerrarse en el dormitorio, llorar toda la noche y despertar renovada al día siguiente, dispuesta a empezar una nueva vida. Una vida sin él.

—¿Demasiado tarde para qué?

—¿Por qué has esperado tanto tiempo para decírmelo? —replicó ella con frialdad.

Nikos frunció el ceño y abrió la boca para responder a su pregunta, pero Serena se le adelantó.

—¿Sabes por qué has esperado tanto? Porque era la última carta que podías jugar. La mentira definitiva.

—¿Cómo? —preguntó, perplejo.

—Me has mentido muchas veces, pero esta vez no me vas a engañar. Olvídate de mí. No puedo amar a un hombre tan insensible y falso como tú.

—No, no, estás muy equivocada... No te estoy mintiendo. Confieso que he hecho todo lo posible por negarme a asumir lo que sentía, pero es la verdad. Eso es lo que quería decir mi abuela cuando afirmó que el niño era la llave. Sabía que estaba enamorado de ti.

Ella bajó la cabeza, incapaz de mirarlo a los ojos.

—De todas formas, carece de importancia. Ya no te quiero.

Serena mintió. Lo quería más que nunca, pero ya no estaba dispuesta a arriesgarse.

–No te creo.

Nikos inclinó la cabeza y la besó. Serena intentó mostrarse impasible, y fracasó miserablemente. Al fin y al cabo, eso era lo que siempre había querido: besos cariñosos y una declaración de amor.

–Te amo –insistió él, mientras la volvía a besar–. Y no puedo aceptar que sea demasiado tarde. Te necesito, Serena.

Ella se apartó y se apoyó en la pared, confundida. ¿Le estaría diciendo la verdad? ¿Sería posible que la amara? ¿O solo estaba mintiendo porque sabía que era lo que quería oír?

–¿Es que no lo entiendes?

Nikos le acarició la mejilla con un dedo.

–No, no lo entiendo –contestó.

–No te lo había dicho antes porque no me atrevía a amar. Tenía miedo –afirmó en voz baja.

Serena parpadeó, cada vez más confundida. ¿Miedo? ¿Nikos? Le parecía increíble que un hombre tan poderoso como él pudiera sentir miedo.

–Mi madre me partió el corazón cuando me abandonó. Y decidí que no volvería a querer a nadie. Era la única forma de ahorrarme ese dolor.

–¿No has querido a nadie desde entonces? ¿En toda tu vida adulta?

–No, a nadie. Cada vez que conocía a una mujer, me acordaba de mi madre y de lo que se siente cuando el objeto de tu amor desaparece –dijo–. No quería cometer el mismo error.

–¿Y qué pasaría si yo también fuera un error?

–Tú no puedes ser ningún error –respondió con suavidad.

–No sé qué decir, Nikos.

–Pues cásate conmigo. Deja que te demuestre que estamos hechos el uno para el otro.

Nikos la miró con tanto afecto que borró todas las dudas de Serena. Era cierto. La amaba. Y quería casarse con ella.

–Aunque eso sea verdad, no significa que las cosas vayan a salir bien, Nikos. Nadie sabe lo que puede ocurrir –le recordó–. Hemos discutido muchas veces. Nos hemos peleado, nos hemos separado y...

Nikos la interrumpió con un beso largo y apasionado. Y Serena no pudo hacer otra cosa que pasar los brazos alrededor de su cuello y dejarse llevar.

–No te resistas a mí, Serena. Te amo con locura. Dime que no es demasiado tarde, por favor.

–No, no es demasiado tarde –dijo ella en un susurro–. Yo también te amo. Te he amado desde el primer día.

Nikos sonrió.

–Mi abuela dijo que tú tenías la llave. ¿Te acuerdas?

–Por supuesto. ¿Cómo lo voy a olvidar? –preguntó, sonriendo con timidez.

–Pues, ahora que lo pienso, no tenía razón.

–¿Ah, no? –dijo, sorprendida.

–No –contestó él–. No es que tengas la llave. Es que eres la llave.

Epílogo

AÚN no puedo creer que Sally esté a punto de llegar.

Nikos dejó el periódico que estaba leyendo y soltó una carcajada. Yannis, su hijo, estaba tranquilamente dormido a la sombra.

–Será la primera reunión familiar en la villa –dijo él–. Y una ocasión perfecta para que Yannis conozca a sus primos.

–Espero que tenga un buen vuelo...

–No te preocupes por eso. Sé lo que significa volar con un niño, y tu pobre hermana tiene dos. Hablé con la tripulación y les pedí que cuidaran bien de ellos.

–Nunca te estaré suficientemente agradecida por la ayuda que le prestaste. Sin ti, no habría podido ser madre.

–Lo hice porque te amo, Serena, y porque soy un hombre que cumple con su palabra.

Serena estaba encantada con él. Había demostrado ser increíblemente comprensivo, hasta el punto de que, cuando supo que Sally estaba esperando gemelos, lo organizó todo para casarse con ella en Gran Bretaña y ahorrarle un pesado viaje a su hermana. Por supuesto, su abuela se había enfadado porque le hacía ilusión que se desposaran en Grecia. Pero fue un enfado pasajero.

Cuanto más tiempo pasaba, más lo quería. Y, de vez en cuando, daba las gracias mentalmente a Christos por haber vendido esa historia a los periódicos. Su intención no había sido buena, pero, de no haber sido por él, Nikos no habría viajado a Londres, no habría hablado con ella y no le habría confesado que la quería.

—De todas formas, creo que deberías haber invitado a tu madre a la boda. Habría sido una ocasión perfecta para cerrar las heridas del pasado.

—Está bien... Organizaremos una gran reunión familiar cuando llegue el momento.

—Eso espero, porque tu abuela quiere que vuelva a la familia.

—Ah, vaya, así que has estado conspirando con mi abuela —comentó con humor.

Serena rio.

—¿Quién, yo? No sería capaz.

—Claro que lo serías.

Nikos le dio un beso y se puso a pensar en su madre. Ahora se alegraba de haber hablado con ella. De lo contrario, nunca habría descubierto la verdad: que no era la mujer terrible que había imaginado, sino una víctima de las circunstancias. Durante sus largas y dolorosas conversaciones, le había confesado que no se había ido sin él porque no lo quisiera, sino porque su exmarido, el padre de Nikos, la había obligado a dejarlo atrás.

En cualquier caso, eso era agua pasada. Y ahora quería disfrutar del presente.

Se había casado con una mujer adorable, de quien estaba profundamente enamorado, y tenía un hijo maravilloso.

De hecho, tenía todo lo que podía desear.

–Organiza esa reunión tan pronto como sea posible. Quiero que la familia esté al completo –dijo ella–. De ese modo, Yannis tendrá unos abuelos magníficos y hasta una magnífica bisabuela.

Él la volvió a besar.

–Está bien. Si eso te hace feliz, hablaré con ella y le diré que venga.

–¿Sabes que me hace feliz? Estar con el hombre que amo.

Nikos sonrió y la abrazó con fuerza.

Definitivamente, lo tenía todo. Su vida estaba completa. Tan completa, que no quería cambiar ni un solo detalle.

Bianca

El rey guardaba un secreto...

Nadie en el reino de Zaffirinthos sabía que, a consecuencia de un horrible accidente, el rey tenía amnesia. Era tal la pérdida de memoria, que no sabía por qué Melissa Maguire, esa mujer inglesa tan bella, le inspiraba unos sentimientos tan profundos.

Convencido de que no estaba capacitado para reinar, decidió renunciar a sus derechos dinásticos, pero Melissa tenía algo importante que decirle: ¡tenía un heredero!

Según la ley, Carlo no podía abdicar, así que iba a tener que encontrar la manera de llevarse bien con Melissa, su nueva reina.

EL REY DE MI CORAZÓN

EL REY DE MI CORAZÓN
SHARON KENDRICK

¿VENGANZA O PASIÓN?

MAXINE SULLIVAN

Tate Chandler jamás había deseado a una mujer tanto como a Gemma Watkins... hasta que ella lo traicionó. Sin embargo, cuando se enteró de que tenían un hijo, le exigió a Gemma que se casara con él o lucharía por la custodia del niño. Tate era un hombre de honor y crearía una familia para su heredero, aunque eso significara casarse con una mujer en la que no confiaba. Su matrimonio era solo una obligación. No obstante, la belleza de Gemma lo tentaba para convertirla en su esposa en todos los sentidos...

ELLA HABÍA VUELTO A SU VIDA, PERO NO SOLA...

¡YA EN TU PUNTO DE VENTA!

Bianca

«Todo el mundo tiene un precio, Darcy. Yo te he dicho cuál es el mío, ahora dime cuál es el tuyo»

La secretaria Darcy Lennox sabía lo exigente que podía ser su multimillonario jefe, Maximiliano Fonseca Roselli. Su fiera ambición era bien conocida, pero casarse con él para que se asegurase el contrato del siglo iba más allá del deber.

Max, un hombre al que no se le podía negar nada, se mostró imperturbable ante su reticencia a contraer un falso matrimonio. En su mundo, todos tenían un precio y estaba decidido a convencerla para que revelase el suyo.

Pero, después de un apasionado beso, Darcy descubrió que la apuesta era mucho más alta de lo que ninguno de los dos había imaginado.

REENCUENTRO CON SU PASADO
ABBY GREEN

REENCUENTRO CON SU PASADO
ABBY GREEN